Joshua Köhler

Die Chroniken
der verlorenen Seelen

AF280977

Die Chroniken der verlorenen Seelen

Die Dunkelheit kennt keine Gnade

von
Joshua Köhler

*Bibliografische Information der Deutschen Nationalbibliothek:
Die Deutsche Nationalbibliothek verzeichnet diese Publikation
in der Deutschen Nationalbibliografie; detaillierte bibliografische
Daten sind im Internet über www.dnb.de abrufbar.*

*Die automatisierte Analyse des Werkes, um daraus
Informationen insbesondere über Muster, Trends und
Korrelationen gemäß §44b UrhG („Text und Data Mining") zu
gewinnen, ist untersagt.*

© 2024 Joshua Köhler

Verlag: BoD · Books on Demand GmbH, In de Tarpen 42,

22848 Norderstedt, bod@bod.de

Druck: Libri Plureos GmbH, Friedensallee 273, 22763 Hamburg

ISBN: 978-3-7693-2714-4

Vorwort

Im Schatten der Ewigkeit, wo das Flüstern des Unbekannten und die Schreie der Vergessenen miteinander tanzen, breitet sich ein Reich aus, das nur wenige wagen zu betreten. Es ist ein Ort, an dem die Dunkelheit lebendig wird, wo das Unbegreifliche zur Wahrheit und das Verborgene zur Macht wird. In diesen Seiten, meine geneigten Leser, öffnet sich das Tor zu diesem düsteren Land – einem Land, in dem die Seele bebt und der Geist sich windet, wo die Realität ihre schützende Maske abstreift und das Übernatürliche sich offenbart.

Die Geschichten, die hier niedergelegt sind, sind keine bloßen Worte, sondern Fragmente von Albträumen, in denen das Herz der Finsternis schlägt. Sie erzählen von einsamen Wanderern, die von Schatten verfolgt werden; von Türen, die sich öffnen, um nur ins Ungewisse zu führen; von Stimmen, die aus den Tiefen der Zeit rufen, und von Geistern, die das Lebendige mit kaltem Hauch umarmen. Sie sind Spuren des Schicksals, eingewoben in ein Netz aus Angst und Ehrfurcht, aus Schrecken und Staunen.

Doch seid gewarnt: Was ihr hier lest, sind nicht bloß Märchen. Diese Worte tragen das Gewicht der Dunkelheit, das Echo dessen, was im Verborgenen lauert. Es sind Geschichten, die das Herz schneller schlagen lassen, die den Verstand herausfordern und die Seele mit einer sonderbaren Kälte erfüllen – jener Kälte, die entsteht, wenn man dem Abgrund zu lange in die Augen sieht.

Dies ist ein Buch für jene, die den Mut haben, den Schleier der Wirklichkeit zu heben. Für jene, die bereit sind, in die Tiefen des Unergründlichen zu tauchen und die Schönheit im Grauen zu finden. Lasst euch von den Worten verführen, doch haltet euch an den Lichtern eures Verstandes fest – denn die Dunkelheit kennt keine Gnade.

Und nun, mit zitternden Händen und flammender Neugier, schlagt diese Seiten auf. Hört das Knarren der Pforte, die sich zu den Welten des Schreckens öffnet. Betretet das Reich der Geschichten, wo die Geister wandeln, wo das Unheimliche atmet und wo das Grauen seine Stimme erhebt.

Willkommen in den Tiefen der Nacht. Willkommen in den **Chroniken der verlorenen Seelen.**

Der Fluch des Draugr

Im kalten Norden Dänemarks, nahe der stürmischen Nordsee, stand ein altes Haus, das schon seit Jahrhunderten verlassen war. Die Einheimischen mieden es, da es als verflucht galt. Es hieß, dass ein Draugr – ein untoter Wikingerkrieger – dort sein Unwesen trieb. Die Legende besagte, dass der Krieger in diesem Haus auf tragische Weise gestorben war und nun in ewiger Unruhe lebte.

Im Herbst 2023 beschloss die Familie Olsen, das alte Haus zu kaufen. Lars und Maria, zusammen mit ihren Kindern Freja und Emil, wollten der Stadt entfliehen und ein ruhigeres Leben auf dem Land führen. Sie hatten von den Geschichten über das Haus gehört, aber sie waren nicht abergläubisch und glaubten nicht an Geistergeschichten.

Die ersten Tage verliefen friedlich. Lars und Maria waren damit beschäftigt, das Haus zu renovieren und es gemütlich zu machen, während Freja und Emil die umliegenden Wälder und Felder erkundeten. Doch schon bald bemerkten sie, dass etwas nicht stimmte.

Es begann mit kleinen, merkwürdigen Vorfällen. Freja fand eines Morgens ihre Puppe in einer anderen Ecke des Zimmers, obwohl sie sicher war, sie am Abend zuvor neben ihr Bett gelegt zu haben. Emil hörte nachts seltsame Geräusche, wie Schritte und Flüstern, die ihn wach hielten. Maria fand eine alte, verrostete Axt im Garten, die definitiv nicht zu ihrem Werkzeug gehörte.

Lars versuchte, rationale Erklärungen zu finden. Vielleicht waren es Tiere oder die Geräusche eines alten Hauses, das sich setzte. Doch die Ereignisse wurden immer unheimlicher. Eines Nachts, als die Familie am Esstisch saß, fielen plötzlich alle Fensterläden zu und die Temperatur im Raum sank rapide. Eine eisige Kälte erfüllte das Haus, und ein dumpfer, widerhallender Schlag war aus dem Keller zu hören.

Lars und Maria gingen hinunter in den Keller, während die Kinder oben blieben. Mit zitternden Händen öffnete Lars die schwere Kellertür und leuchtete mit einer Taschenlampe in die Dunkelheit. Zunächst sahen sie nichts, doch dann, in einer Ecke, schien sich der Schatten zu bewegen. Eine Gestalt trat hervor – groß, massig und bedrohlich. Der Draugr. Seine Augen glühten in einem unheimlichen Rot, und der Geruch von Verwesung und Meerwasser lag in der Luft.

„Ihr habt mein Haus entweiht!", dröhnte die tiefe, raue Stimme des Draugr. „Ihr werdet den Preis dafür zahlen!"

Lars und Maria flohen panisch aus dem Keller, schlossen die Tür hinter sich und rannten nach oben zu den Kindern. Sie wussten, dass sie das Haus sofort verlassen mussten, doch als sie die Tür erreichten, war diese wie von unsichtbarer Hand verschlossen. Der Draugr folgte ihnen, seine Schritte laut und schwer auf den alten Holzdielen.

Die Familie Olsen war in ihrem eigenen Haus gefangen, mit einem untoten Krieger auf den Fersen. Lars erinnerte sich an die Geschichten, die er gehört hatte – dass Draugr nur durch alte Wikinger-Rituale und heilige Symbole vertrieben werden konnten. Er wusste, dass sie einen Weg finden mussten, um den Draugr aufzuhalten, bevor es zu spät war.

Maria griff nach einem alten Familienerbstück – einem silbernen Amulett, das einst einem Wikingerpriester gehört hatte. Sie hielt es dem Draugr entgegen, der kurz zögerte, bevor er mit unverminderter Wut weiter auf sie zukam. Das Amulett schien ihn zu verletzen, doch es reichte nicht aus, um ihn zu stoppen.

Freja, die mutiger war als ihr Alter vermuten ließ, erinnerte sich an ein altes Buch über nordische Mythen, das sie im Dorfladen gesehen hatte. „Das Buch könnte uns helfen!", rief sie. Doch das bedeutete, dass sie das Haus verlassen mussten.

In einem verzweifelten Versuch, den Draugr aufzuhalten, warf Lars ihm alles entgegen, was er in die Hände bekam, während Maria das Amulett weiterhin hochhielt. Sie schafften es, den Draugr für einen Moment zu stoppen. Das gab Freja und Emil die Gelegenheit, aus dem Fenster im Erdgeschoss zu klettern und ins Dorf zu rennen.

Dort angekommen, erzählten sie den Dorfbewohnern, was passiert war. Zunächst ungläubig, erkannten die Ältesten schließlich den

Ernst der Lage. Einer von ihnen, ein alter Mann namens Sigurd, war ein Nachkomme von Wikingerpriestern und kannte die alten Rituale. Er nahm das Buch, das Freja gefunden hatte, und eilte mit den Kindern zurück zum Haus.

Zurück im Haus, fand Sigurd Lars und Maria, die verzweifelt versuchten, den Draugr in Schach zu halten. Mit dem Buch in der Hand und dem Wissen der alten Rituale begann Sigurd, die Beschwörungsformeln zu rezitieren. Die Luft wurde schwer und dicht, als die Worte des alten Mannes durch das Haus hallten.

Der Draugr schrie vor Wut und Schmerz, als die heiligen Worte ihn trafen. Er stürzte sich auf Sigurd, doch das Amulett und die alten Formeln bildeten eine unsichtbare Barriere, die ihn zurückhielt. Langsam, aber sicher begann der untote Krieger zu schwinden, seine Gestalt löste sich in Schatten und Nebel auf.

Als der Draugr schließlich verschwand, kehrte die Ruhe ins Haus zurück. Die Kälte wich, und das Gefühl der Bedrohung war verschwunden. Die Familie Olsen atmete erleichtert auf. Sigurd erklärte ihnen, dass der Draugr nun endgültig in die Unterwelt verbannt sei und sie keine Angst mehr haben müssten.

In den folgenden Wochen halfen die Dorfbewohner der Familie, das Haus wieder aufzubauen und die Spuren des Kampfes zu beseitigen. Das Haus, das einst ein Ort des Schreckens war, wurde zu einem

Symbol der Gemeinschaft und des Zusammenhalts. Lars, Maria, Freja und Emil beschlossen, trotz der schrecklichen Ereignisse zu bleiben. Sie fühlten, dass das Haus nun wirklich ihr Zuhause war, gereinigt von den dunklen Mächten, die es einst beherrscht hatten. Die Geschichten über den Draugr wurden weiter erzählt, aber von nun an mit dem Wissen, dass Mut, Zusammenhalt und das alte Wissen der Vorfahren die dunkelsten Geister vertreiben konnten.

Der Mann im Schatten

Henry Mason, ein renommierter Schriftsteller, entschied sich, eine Auszeit zu nehmen, um an seinem nächsten Buch zu arbeiten. Er wählte eine abgelegene Hütte tief in den Wäldern von Maine. Die Stille und Abgeschiedenheit sollten ihm die nötige Ruhe und Inspiration bieten. Die Hütte lag am Ufer eines ruhigen Sees, umgeben von dichten Bäumen, weit weg von der nächsten Stadt.

„Hier wird mich nichts ablenken", murmelte Henry, als er seinen Koffer aus dem Auto holte und zur Hütte ging. Er schloss die Tür auf, trat ein und atmete tief durch. Der Duft von Holz und frischer Luft erfüllte den Raum. Die Hütte war einfach, aber gemütlich eingerichtet – genau das, was er brauchte. Henry machte sich daran, seine Sachen auszupacken und seinen Arbeitsplatz vorzubereiten. Er stellte seinen Laptop auf den schweren Holztisch, ordnete seine Notizbücher und Bücher, und ließ sich schließlich in den bequemen Sessel vor dem Kamin fallen. „Es kann losgehen", dachte er zufrieden.

In den ersten Tagen arbeitete Henry konzentriert an seinem Buch. Er genoss die Stille und die Abgeschiedenheit. Doch eines Nachts, als er bis spät in die Nacht schrieb, bemerkte er eine Bewegung aus dem Augenwinkel. Er blickte auf und sah nichts als Dunkelheit außerhalb der Fenster. Er zuckte mit den Schultern und konzentrierte sich wieder auf seine Arbeit.

Am nächsten Tag, während eines Spaziergangs um den See, hatte Henry das Gefühl, beobachtet zu werden. Er drehte sich mehrmals um, konnte aber niemanden entdecken. „Nur Einbildung", sagte er sich, versuchte das mulmige Gefühl abzuschütteln und ging weiter.

In der folgenden Nacht wiederholte sich das Erlebnis. Henry saß am Tisch und schrieb, als er erneut eine Bewegung aus dem Augenwinkel wahrnahm. Diesmal war es deutlicher – eine dunkle Gestalt stand am Waldrand und beobachtete ihn. Henry sprang auf, doch als er hinausblickte, war die Gestalt verschwunden. Er schüttelte den Kopf und sagte zu sich selbst: „Ich arbeite zu viel. Vielleicht sollte ich früher ins Bett gehen."

Trotz seiner Bemühungen konnte Henry das unheimliche Gefühl nicht abschütteln. Das Gefühl, beobachtet zu werden, verfolgte ihn. Eines Nachts, als er wieder das Gefühl hatte, nicht allein zu sein, entschloss er sich, nach draußen zu gehen und nachzusehen. Mit einer Taschenlampe bewaffnet, trat er vor die Tür und leuchtete in die Dunkelheit. „Ist da jemand?", rief er. Keine Antwort. Er schritt vorsichtig weiter, immer tiefer in den Wald hinein. Plötzlich hörte er Schritte hinter sich. Er drehte sich um und sah die dunkle Gestalt direkt vor sich. Sie war groß und in einen langen Mantel gehüllt, das Gesicht im Schatten verborgen.

„Wer sind Sie?", rief Henry, doch die Gestalt schwieg. Panik ergriff ihn, und er rannte zurück zur

Hütte. Die Gestalt folgte ihm nicht, aber das Gefühl der Bedrohung blieb.

Henry beschloss, die Hütte am nächsten Tag zu verlassen. Er packte seine Sachen und bereitete sich auf die Abfahrt vor. Doch als er die Tür öffnete, stand die Gestalt dort, als hätte sie auf ihn gewartet. Diesmal sprach sie mit einer tiefen, unheimlichen Stimme: „Du kannst nicht entkommen."

Henry schloss die Tür hastig und verriegelte sie. „Was willst du von mir?", schrie er, doch es kam keine Antwort. Die Gestalt verschwand so plötzlich, wie sie erschienen war. In seiner Verzweiflung begann Henry, nach Hinweisen zu suchen. In einem alten Schrank fand er eine Kiste mit alten Dokumenten und Fotos. Eines der Fotos zeigte die Hütte, und davor stand ein Mann, der Henry erschreckend ähnlich sah.

Ein altes Tagebuch enthüllte die Wahrheit. Es gehörte einem Mann namens Jonathan Blake, einem Schriftsteller, der vor vielen Jahren in der Hütte lebte. Jonathan hatte von einer mysteriösen Gestalt berichtet, die ihn verfolgte und letztlich in den Wahnsinn trieb. Henry erkannte, dass er denselben Weg wie Jonathan Blake eingeschlagen hatte.

Entschlossen, sich seinem Schicksal zu stellen, bereitete sich Henry auf eine letzte Konfrontation vor. Er zündete Kerzen an und setzte sich an den Tisch, das Tagebuch vor sich. Die Nacht brach herein, und er wartete. Stunden vergingen, und die Spannung wuchs.

Plötzlich flackerte das Licht der Kerzen, und die Gestalt erschien erneut im Raum. „Warum tust du das?", fragte Henry mit zitternder Stimme. Die Gestalt trat näher, und das Gesicht wurde sichtbar – es war Henry selbst, aber älter und verzerrt.

„Ich bin du", sagte die Gestalt. „Ich bin der Teil von dir, den du verdrängt hast – deine Ängste, deine Zweifel, dein Scheitern."

Henry erkannte die Wahrheit. Die Gestalt war keine externe Bedrohung, sondern eine Manifestation seines eigenen Geistes. Der jahrelange Druck und die Isolation hatten seinen Verstand verzerrt. Mit einem tiefen Atemzug beschloss er, sich seinen inneren Dämonen zu stellen.

„Du hast keine Macht über mich", sagte er fest. Die Gestalt verzog sich, schrie vor Zorn, und verschwand schließlich in einem letzten, ohrenbetäubenden Schrei. Die Hütte wurde still, und die Luft fühlte sich leichter an.

Am nächsten Morgen packte Henry seine Sachen und verließ die Hütte. Er wusste, dass er seine inneren Dämonen besiegt hatte, doch der Preis war hoch gewesen. Zurück in der Zivilisation begann er, seine Erlebnisse niederzuschreiben. Das Buch, das daraus entstand, wurde ein Bestseller – eine eindringliche Erzählung über den Kampf gegen die eigenen Ängste.

Henry Mason hatte seine Dämonen besiegt, doch die Hütte in den Wäldern von Maine blieb ein Ort des Grauens, wo die Grenze zwischen Realität und

Wahnsinn verwischte. Und so erzählten sich die Menschen weiter Geschichten über den Mann im Schatten, der in der Dunkelheit lauert und die Seelen derer heimsucht, die es wagen, sich ihm zu stellen.

Verloren im Wald

Es war ein sonniger Tag auf dem Schulhof der kleinen Stadt Millfield. Die Kinder spielten ausgelassen, lachten und genossen die warmen Strahlen der Frühlingssonne. Unter ihnen waren Tom und Max, zwei unzertrennliche Freunde, die sich über ihre Abenteuer austauschten. Tom, der mutigere von beiden, hatte eine neue Idee.

"Was hältst du davon, wenn wir nach der Schule in den Wald hinter der Stadt gehen?", fragte Tom und grinste breit.

Max zögerte kurz. "Ich weiß nicht, Tom. Man sagt, dass Leute sich dort schon verlaufen haben."

"Ach, komm schon, Max! Wir sind doch keine kleinen Kinder mehr. Wir gehen einfach ein Stück hinein, erkunden ein bisschen und kommen rechtzeitig zum Abendessen zurück. Was kann schon passieren?"

Nach einigem Zögern stimmte Max schließlich zu, und die beiden Freunde verabredeten sich für den Nachmittag.

Nach der Schule trafen sich Tom und Max am Rand des Waldes. Die Bäume standen dicht beieinander und warfen lange Schatten, die den Waldboden in ein Spiel aus Licht und Dunkelheit tauchten. Mit einer Mischung aus Aufregung und Nervosität betraten die beiden den Wald.

Die Stunden vergingen schnell, während sie tiefer in den Wald eindrangen, unbekannte Pfade entdeckten und sich Geschichten über die Geheimnisse des Waldes erzählten. Die Sonne begann bereits unterzugehen, als sie merkten, dass sie den Weg zurück nicht mehr fanden.

"Ich glaube, wir sollten umkehren", sagte Max nervös und sah sich um. "Es wird dunkel, und ich habe das Gefühl, wir sind schon zu weit gegangen."

Tom nickte, obwohl er selbst ein wenig Angst verspürte. "Du hast recht. Lass uns den Weg zurück suchen."

Doch egal welchen Pfad sie einschlugen, der Wald schien immer dichter zu werden, und der Ausgang blieb unauffindbar.

Die Dämmerung wich schnell der Dunkelheit, und die beiden Jungen konnten kaum noch etwas sehen. Sie tasteten sich vorsichtig voran, als plötzlich ein lautes Knacken die Stille durchbrach. Max erstarrte. "Hast du das gehört?", flüsterte er.

Tom nickte und deutete auf einen großen Baumstamm. "Schnell, versteck dich!"

Sie duckten sich hinter den Baumstamm und hielten den Atem an. Im schwachen Mondlicht sahen sie eine gewaltige Gestalt. Ein Bär, der durch den Wald streifte. Die beiden Jungen wagten kaum zu atmen, aus Angst, der Bär könnte sie hören. Nach einer endlos erscheinenden Zeit schien der Bär das Interesse zu verlieren und trottete weiter.

Tom und Max warteten noch eine Weile, bis sie sicher waren, dass die Gefahr vorüber war. Dann krochen sie vorsichtig hervor und setzten ihren Weg fort, in der Hoffnung, bald den Waldrand zu erreichen.

Nach weiteren Minuten des Umherirrens stießen sie auf eine Lichtung. Im Mondlicht sahen sie ein altes, verfallenes Haus, das unheimlich in der Dunkelheit stand. Die Fenster waren zerschlagen, und das Dach war teilweise eingestürzt.

"Was ist das für ein Ort?", fragte Max flüsternd.

"Keine Ahnung, aber vielleicht können wir dort Unterschlupf finden, bis es wieder hell wird", antwortete Tom.

Vorsichtig traten sie näher und öffneten die knarrende Tür. Kaum hatten sie das Haus betreten, veränderte sich alles um sie herum. Die düsteren Wände erstrahlten in bunten Farben, und der modrige Geruch wich einem angenehmen Duft von frisch gebackenen Keksen. Tom starrte ungläubig auf die Szene vor ihm.

"Das sieht aus wie … das Haus meiner Eltern!", rief er überrascht aus.

Vor ihm sah er seine Eltern, die mit seiner kleinen Schwester spielten. Er konnte es nicht fassen. Ohne nachzudenken, rannte er auf sie zu.

"Mom! Dad! Ich bin hier!" schrie er, doch niemand reagierte. Er versuchte, seine Mutter zu berühren, aber seine Hand glitt durch sie hindurch wie durch einen Nebel. Verzweifelt sank er auf die Knie und begann zu weinen.

Plötzlich wurde das Haus wieder alt und grau. Die bunten Farben und seine Familie verschwanden, und

Tom fand sich allein in dem verfallenen Raum wieder.

Tom wischte sich die Tränen aus den Augen und drehte sich um. "Max?", rief er. Doch sein Freund war nirgendwo zu sehen.

Plötzlich hörte er Schreie aus dem Keller. Ohne zu zögern, rannte er die knarrenden Stufen hinunter, doch als er unten ankam, war niemand zu sehen. Die Schreie verstummten, und eine bedrückende Stille legte sich über den Raum.

"Max, wo bist du?", rief Tom verzweifelt.

Dann sah er ihn. Max stand vor einer Wand und starrte sie an. Er bewegte sich nicht, als Tom ihn rief.

"Max, was ist los?" Tom trat näher und legte eine Hand auf die Schulter seines Freundes. Langsam drehte sich Max um, doch sein Gesicht war verzerrt, und seine Augen waren leer und ausdruckslos. Tom schrie auf und stolperte rückwärts, fiel auf den Boden und krabbelte zurück zur Treppe.

Tom rannte aus dem Haus, stolperte durch den Wald und versuchte, die Schreie seines Freundes aus seinen Gedanken zu verbannen. Plötzlich standen seine Eltern vor ihm. Ihre Gesichter waren ernst und traurig.

"Tom", sagte seine Mutter sanft. "Du musst die Wahrheit akzeptieren."

"Welche Wahrheit?", schrie Tom verzweifelt. "Max ist in Gefahr! Ich muss ihm helfen!"

Sein Vater trat näher und legte ihm eine Hand auf die

Schulter. "Tom, Max war nie real. Du hattest nie einen Freund namens Max. Das ist eine Illusion, die du geschaffen hast, um mit deiner Einsamkeit fertig zu werden."

Tom schüttelte den Kopf, unfähig, die Worte zu begreifen. "Nein, das kann nicht sein. Ich … ich habe ihn gesehen, ich habe mit ihm gesprochen."

"Die Dunkelheit dieses Waldes spielt mit deinem Verstand", sagte seine Mutter. "Du musst uns vertrauen und nach Hause kommen."

Die Realität verschwamm vor Toms Augen. Er sank auf die Knie, überwältigt von der Erkenntnis und der Verzweiflung. Plötzlich fühlte er sich, als würde er aus einem Albtraum erwachen. Der Wald um ihn herum wurde klarer, die Stimmen seiner Eltern verschwanden, und er war allein.

Die Gasse des Grauens

Es war eine kalte, sternlose Nacht in der alten Stadt. Die Straßenlaternen flackerten, als ob sie sich mühsam gegen die Dunkelheit wehren würden. In einer abgelegenen Gasse, die die Einheimischen nur „die Gasse des Grauens" nannten, hallten die Schritte eines alten Mannes wider. Sein Name war Heinrich, ein einsamer Witwer, der trotz der Gerüchte und Warnungen in dieser Nacht nach Hause eilte.

Heinrich war ein gebrechlicher Mann, gekleidet in einen abgetragenen Mantel, der kaum Schutz vor der nächtlichen Kälte bot. Seine Augen waren von Tränen der Erinnerung getrübt, als er an seine verstorbene Frau dachte. Sie war vor einem Jahr an einer schweren Krankheit gestorben, und Heinrich hatte seitdem nie wirklich Frieden gefunden. Die Nächte waren am schlimmsten, wenn die Dunkelheit seine Einsamkeit verstärkte und die Geister der Vergangenheit ihn heimsuchten.

Plötzlich wurde die Luft schwer und ein unheilvolles Flüstern drang aus den Schatten. Heinrich blieb stehen, sein Herz raste. Ein eiskalter Schauer lief ihm über den Rücken. Er spürte, dass etwas nicht stimmte, doch es war bereits zu spät. Dunkle Gestalten begannen, sich aus den Schatten zu materialisieren. Ihre Augen glühten rot, und ihre verzerrten Gesichter zeigten eine unnatürliche Bosheit.

„Wer … wer seid ihr?" stammelte Heinrich, während er langsam zurückwich.

Die Kreaturen antworteten nicht, sondern stießen unheimliche, gutturale Laute aus, die wie eine Mischung aus Lachen und Schreien klangen. Sie schwebten näher, und Heinrich konnte ihren fauligen Atem riechen. Es waren Dämonen, bösartige Wesen aus einer anderen Dimension, die gekommen waren, um ihn zu holen.

Heinrich schrie, doch sein Ruf verhallte in der verlassenen Gasse. Einer der Dämonen packte ihn mit klauenartigen Händen und hob ihn in die Luft. Heinrich konnte sich nicht wehren, sein Körper war wie gelähmt vor Angst. Die Dunkelheit um ihn herum schien dichter zu werden, als ob die Nacht selbst sich gegen ihn verschworen hätte.

In der Nähe des Dorfes war Pater Gabriel, ein erfahrener Exorzist, der auf die Gerüchte über die Gasse des Grauens aufmerksam geworden war. Er hatte viele Jahre seines Lebens dem Kampf gegen das Böse gewidmet und war bekannt für seinen Mut und seine Entschlossenheit. An diesem Abend war er auf dem Weg zur Kirche, als er Heinrichs verzweifelten Schrei hörte.

„Lasst ihn in Ruhe!", rief Pater Gabriel, als er in die Gasse stürzte. Seine Stimme hallte durch die Dunkelheit, und die Dämonen wichen zurück, zischend und kreischend. In seiner Hand hielt er ein großes, goldenes Kreuz, das im schwachen Licht der Laternen funkelte.

„Im Namen des Herrn, weiche, Satan!", rief Pater Gabriel und begann, in einer alten, kraftvollen Sprache zu beten.

Die Dämonen schrien vor Schmerz, als das Licht des Kreuzes sie traf. Sie zogen sich zurück, ihre Gestalten begannen sich aufzulösen, bis sie schließlich verschwanden. Die Gasse war wieder still, nur das schwere Atmen von Heinrich und Pater Gabriel war zu hören.

Pater Gabriel eilte zu Heinrich und half ihm vorsichtig auf die Beine. „Alles wird gut", sagte er beruhigend. „Die Dämonen sind fort."

Doch Heinrichs Augen waren leer, seine Haut war blass und kalt. Er hatte das Bewusstsein verloren, und Pater Gabriel erkannte, dass er schwer verletzt war. Er legte seine Hand auf Heinrichs Stirn und begann, leise zu beten, doch er wusste, dass es zu spät war. Die Dunkelheit hatte bereits einen Teil von Heinrichs Seele erfasst, und er war zu schwach, um gegen die unheimlichen Mächte anzukämpfen.

„Herr, nimm seine Seele in deine Obhut", murmelte Pater Gabriel und schloss Heinrichs Augen. Tränen liefen über sein Gesicht, als er den alten Mann sanft auf den Boden legte. Er konnte die Kälte spüren, die von Heinrichs Körper ausging, und wusste, dass der Tod bereits seinen Tribut gefordert hatte.

In diesem Moment erschien eine Gruppe von Dorfbewohnern, angezogen von dem Lärm und den Schreien. Sie sahen die Szene und hielten entsetzt inne. Einer der Männer, ein junger Bauer namens

Thomas, trat vor und fragte: „Was ist hier passiert?"
Pater Gabriel erklärte ihnen, was geschehen war, und
die Dorfbewohner halfen ihm, Heinrichs leblosen
Körper in die nahegelegene Kirche zu bringen. Dort
legten sie ihn auf einen Altar und beteten gemeinsam
für seine Seele.

Die Stadt erwachte am nächsten Morgen und fand
Heinrichs leblosen Körper in der Gasse des Grauens.
Die Bewohner waren entsetzt, doch sie wussten,
dass der alte Mann nicht allein gewesen war. Pater
Gabriel erzählte ihnen von dem, was geschehen war,
und die Gasse wurde für immer gesperrt, in der
Hoffnung, dass die Dämonen niemals zurückkehren
würden.

Heinrich wurde mit Würde begraben, und Pater
Gabriel sprach die letzten Worte des Abschieds.
„Möge deine Seele in Frieden ruhen", flüsterte er
und legte eine Rose auf das Grab. Die Dorfbewohner
standen schweigend um das Grab herum und
erinnerten sich an Heinrichs freundliches Lächeln
und seine unermüdliche Hilfsbereitschaft.

„Wir müssen sicherstellen, dass so etwas nie wieder
passiert", sagte Thomas mit fester Stimme. „Wir
dürfen die Warnungen nicht ignorieren und müssen
wachsam bleiben."

Die Gasse des Grauens blieb ein Mahnmal, eine
ständige Erinnerung an die dunklen Mächte, die in
den Schatten lauern, und die tapferen Seelen, die sie
bekämpfen. Pater Gabriel wusste, dass sein Kampf
noch nicht vorbei war, doch er war entschlossen,

weiterzumachen, um die Unschuldigen zu schützen und die Dunkelheit zu vertreiben, wohin auch immer sie sich ausbreitete.

Jahre später, als die Erinnerungen an die schrecklichen Ereignisse langsam verblassten, erzählten die Dorfbewohner die Geschichte von Heinrich und den Dämonen weiter. Sie wurde zu einer Legende, die Eltern ihren Kindern erzählten, um sie vor den Gefahren der Nacht zu warnen. Die Gasse des Grauens blieb verschlossen und überwuchert von Efeu und Unkraut, ein stummer Zeuge der düsteren Vergangenheit.

Pater Gabriel, nun älter und von den vielen Kämpfen gezeichnet, blieb ein treuer Diener des Lichts. Er reiste von Dorf zu Dorf, um den Menschen zu helfen und sie vor den Mächten der Finsternis zu schützen. Überall, wo er hinkam, erzählte er die Geschichte von Heinrich und der Gasse des Grauens, in der Hoffnung, dass die Menschen aus den Fehlern der Vergangenheit lernen würden.

Die Geschichte von Heinrich und Pater Gabriel blieb im Gedächtnis der Menschen von Ravenshill. Sie errichteten ein kleines Denkmal zu Ehren von Heinrich, und jedes Jahr am Jahrestag seines Todes versammelten sie sich dort, um Kerzen anzuzünden und für die Seelen der Verstorbenen zu beten.

Pater Gabriel wusste, dass sein Kampf gegen die Dunkelheit niemals enden würde, doch er war bereit, ihn weiterzuführen, solange er lebte. Die Legende von der Gasse des Grauens wurde zu einem Symbol für den ständigen Kampf zwischen Licht und Finsternis, und Pater Gabriels Mut und Hingabe inspirierten viele, ihm auf seinem Weg zu folgen. Und so lebte die Erinnerung an Heinrich und die dunklen Mächte, die ihn heimsuchten, weiter, als eine Mahnung und ein Ruf zur Wachsamkeit. Die Menschen von Ravenshill wussten, dass das Böse niemals vollständig besiegt werden konnte, doch sie hatten gelernt, dass Mut, Glaube und Zusammenhalt die stärksten Waffen im Kampf gegen die Dunkelheit waren.

Das Kloster des Grauens

Eine Gruppe von fünf Freunden – Anna, Tom, Julia, Markus und Lisa – entschied sich, ihren Urlaub in einer abgelegenen Region Norditaliens zu verbringen. Die Gegend war bekannt für ihre historischen Stätten und malerischen Landschaften. Einer ihrer Ausflüge führte sie zu einem alten Kloster aus dem 15. Jahrhundert, das tief in einem düsteren Wald lag. Es war von Mythen und Legenden umwoben, die von grausamen Mönchen und dunklen Ritualen erzählten.

Es war ein bewölkter Nachmittag, als sie das Kloster erreichten. Die Sonne war hinter schweren, grauen Wolken verborgen, und ein kalter Wind wehte durch die Bäume. Das Kloster stand als imposante Ruine vor ihnen, mit verwitterten Steinen und hoch aufragenden Türmen. Der Anblick ließ ihnen einen Schauer über den Rücken laufen.

„Sieht aus wie aus einem Horrorfilm", bemerkte Lisa nervös.

„Genau deshalb sind wir hier", antwortete Tom, versuchte jedoch vergeblich, seine eigene Nervosität zu verbergen.

Mit Taschenlampen bewaffnet, betraten sie das verlassene Kloster. Die Luft war kühl und modrig, und ihre Schritte hallten durch die leeren Hallen. Die Freunde gingen langsam durch die dunklen Gänge, wobei die Schatten an den Wänden unheimlich tanzten.

Im Hauptsaal, der einstige Ort der Andacht, fanden sie alte Bänke und einen zerfallenen Altar. Während die anderen sich umsahen, bemerkte Markus eine versteckte Tür hinter dem Altar.

„Hey, hier ist etwas Interessantes", rief er.

Die Tür führte zu einer steilen, engen Treppe, die in die Dunkelheit hinabführte. Ohne zu zögern, gingen sie hinunter und fanden sich in einem unterirdischen Raum wieder. Dieser Raum war besser erhalten als der Rest des Klosters und hatte eine unheimliche Aura. In der Mitte stand ein steinerner Sarkophag, dessen Deckel leicht geöffnet war.

„Das ist irgendwie gruselig", flüsterte Julia, während sie sich umsah.

Doch bevor jemand antworten konnte, ertönte ein leises, aber deutliches Geräusch – ein Kratzen und Schaben, das aus dem Inneren des Sarkophags kam. Plötzlich wurde die Luft kälter, und sie spürten eine bedrohliche Präsenz.

Aus dem Sarkophag erhob sich eine dunkle Gestalt. Es war ein Mann, gekleidet in altertümliche Kleidung, mit blasser Haut und durchdringenden roten Augen. Die Freunde erstarrten vor Schreck. Der Mann war kein Mensch – er war ein Vampir, der seit Jahrhunderten in diesem Grab geruht hatte.

„Ihr habt mich geweckt", sagte er mit einer tiefen, kalten Stimme. „Und dafür werdet ihr bezahlen."

Panik brach aus, und die Freunde rannten in alle Richtungen. Der Vampir war jedoch schneller und stärker. Er sprang auf Markus zu und biss ihm in den Hals. Markus schrie auf, bevor er in sich zusammensackte.

Die restlichen vier Freunde rannten verzweifelt durch die dunklen Korridore des Klosters, auf der Suche nach einem Ausweg. Julia schlug vor, in den oberen Stockwerken nach einem Versteck zu suchen. Sie fanden ein kleines Zimmer und verbarrikadierten die Tür, hoffend, dass der Vampir sie nicht finden würde.

„Wir müssen hier raus", flüsterte Tom. „Er wird uns finden, wenn wir hier bleiben."

Doch bevor sie einen Plan schmieden konnten, hörten sie Schritte auf dem Flur. Der Vampir war ihnen auf der Spur. Plötzlich zersprang die Tür unter einem mächtigen Schlag, und die dunkle Gestalt stand vor ihnen. Er packte Julia und zog sie mit einer übermenschlichen Stärke aus dem Raum. Ihre Schreie hallten durch das Kloster, bis sie abrupt verstummten.

Anna, Tom und Lisa waren nun allein und in Panik. Sie beschlossen, sich aufzuteilen, in der Hoffnung, dass zumindest einer von ihnen entkommen könnte. Anna lief in Richtung des Haupteingangs, während Tom und Lisa in verschiedene Richtungen in den Keller flohen.

Anna erreichte die Haupttür, doch sie war verschlossen. Sie versuchte verzweifelt, sie zu öffnen, doch ohne Erfolg. Hinter ihr hörte sie die

Schritte des Vampirs. Er kam näher, und Anna wusste, dass sie keine Chance hatte. Mit einem letzten Schrei wandte sie sich um und stellte sich ihrem Schicksal.

Im Keller fanden Tom und Lisa ein weiteres Versteck. Sie hörten Annas Schrei und wussten, dass sie die Nächsten sein würden. Lisa begann zu weinen, doch Tom nahm ihre Hand und versprach, sie zu beschützen. Plötzlich brach der Vampir durch die Wand und griff Tom an. Er wehrte sich verzweifelt, doch die Stärke des Vampirs war überwältigend. Lisa rannte die Treppe hinauf, während sie Toms Schreie hinter sich hörte.

Oben angekommen, fand Lisa sich in einem kleinen Raum wieder, der mit alten Büchern und Schriften gefüllt war. Sie stolperte über ein Buch, das auf dem Boden lag, und erkannte, dass es ein altes Ritualbuch war. In ihrer Verzweiflung blätterte sie hastig durch die Seiten und fand ein Ritual, das den Vampir töten konnte. Sie begann, die Worte laut zu rezitieren.

Der Vampir spürte die Macht des Rituals und stürmte in den Raum. Er griff Lisa an, doch sie ließ sich nicht unterbrechen und sprach weiter. Das Ritual begann zu wirken, und der Vampir schrie vor Schmerz auf. Eine dunkle Aura umgab ihn, und er begann, sich in Staub aufzulösen.

Doch es war zu spät für Lisa. Mit den letzten Worten des Rituals sank sie erschöpft zu Boden. Der Vampir löste sich in einer Explosion von Asche auf, und der Raum wurde still.

Als die Sonne über dem Tal aufging, lag das Kloster wieder in stiller Einsamkeit. Die Freunde waren alle tot, und nur der Wind wehte durch die leeren Hallen. Niemand würde je erfahren, was an jenem Tag wirklich geschehen war. Das Kloster blieb ein unheimlicher Ort, ein Denkmal für das Grauen, das sich dort abgespielt hatte.

Und so blieb das alte Kloster des 15. Jahrhunderts, ein stummer Zeuge von Schrecken und Tod, für immer verlassen und umgeben von Geschichten und Mythen, die zukünftige Generationen von Touristen und Abenteurern in seinen Bann ziehen würden – unwissend über das wahre Grauen, das in seinen Mauern lauerte.

Der Fluch der Kornfelder

In einem abgelegenen Dorf irgendwo in der Weite des ländlichen Europas lebte ein Landwirt namens Jakob. Seine Familie bewirtschaftete die Felder schon seit Generationen, und Jakob war stolz auf sein Erbe. Doch eines Jahres sollte sich alles ändern und das Dorf für immer in Angst versetzen.

Es war ein heißer Sommertag, als Jakob seine Mäharbeiten in einem abgelegenen Teil seines Grundstücks begann. Der Mähdrescher arbeitete unermüdlich, und das Summen der Maschine war das einzige Geräusch, das die Stille durchbrach. Jakob war in Gedanken versunken, als er plötzlich ein ungewöhnliches Ruckeln und Stottern des Mähdreschers bemerkte. Er hielt an und stieg aus, um nachzusehen, was das Problem verursachte.

Mit jedem Schritt, den er näher zum Mähdrescher machte, überkam ihn ein unbehagliches Gefühl. Als er schließlich hinter die Maschine trat, erblickte er etwas Schreckliches: In den Zähnen der Maschine hing die verstümmelte Leiche eines kleinen Jungen, der anscheinend schon seit einiger Zeit tot war. Der Anblick war grotesk, und Jakob musste sich abwenden, um nicht zu erbrechen.

In Panik rief Jakob die Polizei, und bald war sein Hof von Ermittlern und Neugierigen überlaufen. Der Junge wurde als Timmy Petersen identifiziert, ein Kind, das vor etwa einem Jahr spurlos verschwunden war. Die Dorfbewohner hatten die

Suche aufgegeben, aber nun war er auf Jakobs Feld wieder aufgetaucht.

Die Ermittlungen zogen sich hin, und es wurden keine klaren Hinweise darauf gefunden, wie Timmy auf das Feld gelangt war oder wer für seinen Tod verantwortlich war. Doch für Jakob begann der wahre Horror erst danach.

In den Nächten nach dem Fund konnte Jakob nicht schlafen. Er hörte seltsame Geräusche aus den Kornfeldern – leises Flüstern, das sich wie der Wind anhörte, aber Worte formte, die er nicht verstehen konnte. Schatten huschten am Rande seines Sichtfeldes vorbei, und die Tiere auf seinem Hof waren unruhig und verängstigt.

Eines Nachts, als Jakob in seinem Schlafzimmer lag, hörte er das deutliche Lachen eines Kindes. Es schien aus dem Feld zu kommen, wo er die Leiche gefunden hatte. Mit einer Mischung aus Angst und Entschlossenheit nahm er eine Taschenlampe und ging hinaus, um nachzusehen.

Als er das Feld erreichte, war das Lachen verstummt, aber er fühlte eine eisige Kälte, die nichts mit der sommerlichen Nachtluft zu tun hatte. Plötzlich sah er eine Gestalt im Korn – klein und schwach beleuchtet, aber eindeutig die eines Kindes. Mit zitternden Händen richtete er die Taschenlampe darauf, doch die Gestalt verschwand sofort, als das Licht sie traf.

Jakob wusste, dass er Hilfe brauchte. Er ging zu der alten Frau Möller, die als weise und bewandert in alten Geschichten und Bräuchen bekannt war. Sie hörte sich seine Geschichte an und nickte langsam. „Das ist der Geist des Jungen", sagte sie. „Er ist nicht zur Ruhe gekommen. Etwas hält ihn hier fest." Jakob fragte verzweifelt, was er tun könne. Frau Möller erklärte ihm, dass er den Geist beschwichtigen müsse, indem er den wahren Täter finde oder einen rituellen Frieden stifte. „Du musst den Geist ansprechen und herausfinden, was er will", sagte sie.

In der nächsten Nacht ging Jakob wieder in die Felder, diesmal mit ein paar Kerzen und einem alten Amulett, das Frau Möller ihm gegeben hatte. Er stellte die Kerzen in einem Kreis auf und setzte sich in die Mitte. Mit zitternder Stimme rief er den Geist des Jungen an.

„Timmy, wenn du hier bist, zeig dich mir. Ich will dir helfen."

Es dauerte eine Weile, aber schließlich erschien die Gestalt des Jungen wieder. Diesmal war sie klarer, und Jakob konnte das blasse Gesicht und die traurigen Augen des Kindes sehen.

„Ich will nur nach Hause", flüsterte der Geist. Jakob versprach ihm, dass er alles tun würde, um ihm zu helfen. Er fragte den Geist, wer ihm das angetan habe, und der Geist führte ihn zu einer alten Scheune am Rande des Feldes. Jakob hatte diese Scheune seit Jahren nicht mehr benutzt.

In der Scheune fand Jakob Hinweise, die auf einen Dorfbewohner hinwiesen, der vor kurzem verstorben war – ein Mann, der als etwas seltsam galt und von dem die Leute sich fernhielten. Es stellte sich heraus, dass dieser Mann Timmy entführt und in der Scheune versteckt hatte, bevor er ihn auf dem Feld zurückließ.

Jakob kehrte zu Frau Möller zurück, die ihm half, ein Ritual durchzuführen, um Timmys Geist zu befreien. Sie stellten sicher, dass die Überreste des Jungen ordnungsgemäß beerdigt wurden und sprachen Gebete, um seine Seele zu beruhigen.

Nach dem Ritual hörten die seltsamen Geräusche und Erscheinungen auf. Jakob konnte endlich wieder schlafen, und die Tiere auf seinem Hof beruhigten sich. Die Dorfbewohner waren erleichtert, dass der Spuk vorbei war, und dankten Jakob für seinen Mut und seine Entschlossenheit.

Doch obwohl das Grauen vorüber war, konnte Jakob den Anblick des verstümmelten Jungen und die traurigen Augen des Geistes nicht vergessen. Er wusste, dass die Vergangenheit nie ganz ruhen würde, aber er war froh, dass er Timmy endlich den Frieden gebracht hatte, den er verdiente.

Jakob arbeitete weiter auf seinen Feldern, aber er tat es nun mit einer neuen Wertschätzung für das Leben und die Geheimnisse, die manchmal unter der Oberfläche lauern. Die Geschichte von Timmy Petersen wurde zur Legende im Dorf, eine Mahnung daran, dass das Böse oft näher ist, als man denkt.

Mit der Zeit beruhigte sich das Dorf wieder, und das Leben nahm seinen gewohnten Lauf. Doch Jakob war nicht mehr derselbe Mann wie zuvor. Er hatte eine Tiefe in den Augen, eine Schwere, die ihn nun begleitete. Die Erfahrung hatte ihn verändert, ihm eine Erkenntnis über die Zerbrechlichkeit des Lebens und die verborgenen Schrecken, die im Verborgenen lauern, offenbart. Dennoch erfüllte ihn auch ein Gefühl der Erleichterung, dass er Timmy Frieden gebracht hatte.

Die Dorfbewohner behandelten Jakob mit neuem Respekt. Er wurde zu einer Art Hüter des alten Wissens, jemand, der nicht nur die Felder bestellte, sondern auch die düsteren Geschichten und Bräuche des Dorfes bewahrte. Immer wieder kamen Menschen zu ihm, um Rat zu suchen, wenn sie seltsame Dinge erlebten oder Hilfe bei Problemen brauchten, die sie nicht verstehen konnten. Jakob half ihnen bereitwillig, getrieben von dem Wunsch, dass niemand anderes den gleichen Schrecken durchleben sollte wie Timmy und seine Familie.

Im Laufe der Jahre wurde die Scheune, in der Timmy gefunden worden war, zu einem Mahnmal für die Dorfgemeinschaft. Ein kleines Denkmal wurde errichtet, und jedes Jahr versammelten sich die Dorfbewohner, um dem Jungen zu gedenken und ihre Verbundenheit zu erneuern. Es war eine stille, aber eindrucksvolle Erinnerung daran, dass das Böse überwunden werden konnte und dass selbst die tiefsten Wunden heilen konnten, wenn man sich ihrer annahm. So wuchs Jakob weiter, ein stiller

Wächter des Landes und der Erinnerungen, die
darauf ruhten.

Die vergessene Gruft

In der kleinen Stadt Eldridge, versteckt in den dichten Wäldern der Bergregion, kursierten seit Jahrhunderten Legenden über eine vergessene Gruft. Man erzählte sich, dass die Gruft im 17. Jahrhundert von einem wohlhabenden Adligen errichtet wurde, der nach einem mysteriösen Tod samt seiner Familie dort bestattet wurde. Keiner wagte es, die Gruft zu suchen – bis auf eine Gruppe von vier jungen Abenteurern: Sarah, Mark, Emily und Alex.

Eines regnerischen Nachmittags, als die Freunde in der örtlichen Bibliothek stöberten, fanden sie eine alte Karte, die angeblich den Weg zur Gruft zeigen sollte. Die Neugier packte sie, und noch am selben Abend machten sie sich auf den Weg.

"Stell dir vor, was wir dort finden könnten", sagte Sarah, die stets nach Abenteuern suchte. "Vielleicht Schätze oder wertvolle Antiquitäten."

"Oder Geister", fügte Alex lachend hinzu. "Wer weiß, was uns erwartet?"

Mit Taschenlampen und Rucksäcken bewaffnet, machten sie sich auf den Weg in den dichten Wald. Die Karte führte sie durch enge Pfade und über brüchige Brücken, bis sie schließlich vor einem alten, moosbewachsenen Steintor standen.

"Das muss es sein", flüsterte Emily ehrfürchtig. Sie stießen das Tor auf und traten ein.

Die Luft im Inneren der Gruft war kühl und feucht. Der Weg wurde von alten Fackelhaltern gesäumt, die längst erloschen waren. Spinnenweben hingen von der Decke, und jeder Schritt hallte unheimlich in der Stille wider.

"Das ist wirklich unheimlich", sagte Mark, während er seine Taschenlampe umherwandern ließ. Die Strahlen beleuchteten alte Sarkophage und verfallene Wandgemälde.

"Hier muss die Familie begraben sein", sagte Sarah und deutete auf eine Reihe von Särgen in der Mitte des Raumes.

Plötzlich bemerkte Emily eine Inschrift an der Wand. "Hört euch das an", sagte sie und las vor: "'Wer hier ruht, soll für immer in Frieden bleiben. Stört diesen Ort, und ihr werdet den Zorn der Toten erwecken."

"Das ist ja mal beruhigend", murmelte Alex sarkastisch.

Trotz der Warnung beschlossen sie, fortzufahren. Sie öffneten einen der Särge und fanden darin die Überreste eines alten Mannes, offenbar der Adlige, der die Gruft erbaut hatte. Neben ihm lag ein Buch, dessen Seiten mit altertümlichen Schriftzeichen bedeckt waren.

"Das könnte interessant sein", sagte Sarah und nahm das Buch an sich.

Während sie das Buch durchblätterte, spürte Sarah plötzlich eine unheimliche Präsenz. Die Luft wurde kälter, und ein leises Flüstern erfüllte die Gruft. Die Freunde sahen sich nervös um.

"Habt ihr das auch gehört?", fragte Emily und trat

einen Schritt zurück.

Plötzlich begann der Boden unter ihnen zu beben. Die Särge bewegten sich, und die Deckel schoben sich langsam zur Seite. Eine gespenstische Gestalt erhob sich aus dem Sarg des Adligen. Es war ein bleicher, abgemagerter Mann mit leeren Augen und einem unheimlichen Lächeln.

"Ihr habt den Frieden dieser Stätte gestört", sagte die Gestalt mit einer Stimme, die durch Mark und Bein ging. "Nun werdet ihr den Preis dafür zahlen."

Die Freunde starrten entsetzt auf den Geist, unfähig, sich zu bewegen. Die Gestalt schwebte auf sie zu, und mit jedem Schritt schien die Dunkelheit dichter zu werden.

"Wir müssen hier raus!", rief Alex und rannte zur Tür, doch sie war verschlossen.

Der Geist lachte düster, und aus den anderen Särgen erhoben sich nun weitere Geister. Sie umzingelten die Freunde, ihre leeren Augen fixierten sie. Mark versuchte, mit einem alten Schwert, das er gefunden hatte, auf die Geister einzuschlagen, doch seine Angriffe schienen wirkungslos.

"Wir müssen das Buch zurücklegen!", schrie Sarah und rannte zu dem Sarg des Adligen. Sie legte das Buch zurück und hoffte, dass dies die Geister besänftigen würde.

Doch es war zu spät. Der Zorn der Geister war entfesselt. Ein kalter Windstoß wehte durch die Gruft, und die Geister griffen an. Emily wurde von einer unsichtbaren Macht gegen die Wand geschleudert, Alex spürte kalte Hände, die nach ihm griffen.

Sarah und Mark versuchten verzweifelt, einen Ausweg zu finden. Sie entdeckten eine versteckte Tür, die in einen schmalen Gang führte. "Hier entlang!", rief Mark, und sie liefen, ohne sich umzusehen.

Der Gang führte sie tiefer in die Gruft, doch sie spürten, dass die Geister ihnen folgten. Ihre Schritte hallten durch die Dunkelheit, und das Flüstern der Geister wurde immer lauter. Schließlich erreichten sie einen Raum, in dem eine Treppe nach oben führte.

"Das ist unsere Chance!", rief Sarah, und sie stiegen die Treppe hinauf. Oben angekommen, fanden sie sich in einem alten, verlassenen Haus wieder. Die Fenster waren zerbrochen, und der Boden war mit Staub bedeckt.

"Wir müssen hier raus", keuchte Mark und rannte zur Tür. Sie traten ins Freie und rannten in die Nacht hinaus. Hinter ihnen konnte man das unheimliche Lachen der Geister hören, doch sie wagten es nicht, zurückzublicken.

Als sie schließlich sicher waren, hielten sie an, um zu verschnaufen. "Was war das?", fragte Emily, ihre Augen weit vor Angst.

"Die Legenden sind wahr", sagte Alex. "Diese Gruft sollte niemals betreten werden."

Sarah sah zu der Gruft zurück, die nun wie ein dunkler Fleck in der Nacht lag. "Wir müssen den

Leuten in Eldridge davon erzählen. Niemand darf jemals wieder diesen Ort betreten."

Die Freunde kehrten in die Stadt zurück und erzählten ihre Geschichte. Die Bewohner von Eldridge waren entsetzt und beschlossen, den Zugang zur Gruft endgültig zu versiegeln. Doch die Schrecken, die sie erlebt hatten, würden sie für immer verfolgen. Die Geister der Gruft wachten weiterhin über ihr Reich, bereit, jeden zu empfangen, der dumm genug war, sich ihnen zu nähern.

Das Schiff der verlorenen Seelen

Im Jahr 1845 war die „Aurora", ein stolzes Dreimast-Segelschiff, das von Kapitän James Thornton kommandiert wurde, auf dem Weg von Liverpool nach New York. Die Mannschaft bestand aus erfahrenen Seeleuten, und das Schiff war voll beladen mit wertvollen Gütern und wohlhabenden Passagieren, die ein neues Leben in Amerika beginnen wollten. Doch die Reise, die so viel Hoffnung und Wohlstand versprach, sollte in einer Katastrophe enden, die bis heute in den Legenden der Seefahrer weiterlebt.

Die ersten Wochen der Überfahrt verliefen ohne besondere Vorkommnisse. Das Wetter war gut, und der Wind blies in die Segel der „Aurora", als ob er sie so schnell wie möglich ans Ziel bringen wollte. Die Passagiere genossen die ruhige See und das Gefühl der Freiheit, das die unendlichen Weiten des Ozeans boten.

Eines Nachts, als das Schiff die Mitte des Atlantiks erreicht hatte, bemerkte der Ausguck ein seltsames Leuchten am Horizont. Es war kein gewöhnliches Licht – es war ein kaltes, geisterhaftes Glimmen, das das Meer in einem unheimlichen Schimmer erstrahlen ließ.

„Kapitän Thornton, Sie sollten sich das ansehen", rief der Ausguck von seinem Posten.

Kapitän Thornton, ein erfahrener Seemann mit

unzähligen Fahrten auf seinem Buckel, trat an die Reling und betrachtete das Phänomen. „Was zum Teufel ist das?", murmelte er. „Bringt das Schiff auf Kurs, um herauszufinden, was dort vor sich geht."

Die „Aurora" änderte ihren Kurs und steuerte auf das geheimnisvolle Licht zu. Als sie näher kamen, konnten sie die Umrisse eines alten, verwitterten Schiffs erkennen, das regungslos auf dem Wasser trieb. Es war die „Elysium", ein Schiff, das vor über zehn Jahren als verschollen gemeldet worden war.

Kapitän Thornton beschloss, ein kleines Team zusammenzustellen und das Geisterschiff zu betreten. Mit Laternen bewaffnet und begleitet von einer unheimlichen Stille, stiegen sie an Bord der „Elysium". Das Deck war mit Algen und Muscheln bedeckt, und eine dicke Schicht Staub lag über allem.

„Was für ein unheimlicher Ort", murmelte einer der Matrosen, als sie sich vorsichtig umsahen.

„Wir müssen herausfinden, was hier passiert ist", sagte Kapitän Thornton entschlossen. „Teilt euch auf und durchsucht das Schiff."

Während sie die verwitterten Gänge und Kajüten durchstreiften, stießen sie auf seltsame und beunruhigende Zeichen. Die Wände waren mit unverständlichen Symbolen und kryptischen Nachrichten bedeckt. In der Kapitänskajüte fanden sie das Logbuch der „Elysium". Kapitän Thornton begann zu lesen, und je weiter er las, desto bleicher wurde sein Gesicht.

„Dieses Schiff … es war verflucht", flüsterte er
schließlich. „Die Besatzung sprach von geisterhaften
Erscheinungen und seltsamen Vorfällen, bevor sie
spurlos verschwanden."
Kaum hatten sie das Logbuch gelesen, als plötzlich
ein eisiger Wind durch die Gänge des Schiffs fegte.
Die Laternen flackerten, und eine geisterhafte Stille
legte sich über das Schiff. Plötzlich erschienen vor
ihnen geisterhafte Gestalten – die verlorenen Seelen
der „Elysium". Ihre blassen Gesichter waren von
Qual und Verzweiflung gezeichnet.
„Helft uns", flüsterten die Geister mit klagenden
Stimmen. „Wir sind verdammt, für immer auf
diesem Schiff zu bleiben."
Kapitän Thornton und seine Männer wichen
erschrocken zurück, doch es gab kein Entrinnen. Die
Geister drängten sich um sie, und die Luft war
erfüllt von einem kalten, tödlichen Hauch. Die
Männer spürten, wie ihre Kräfte schwanden und ihre
Seelen von der Dunkelheit umhüllt wurden.
„Wir müssen hier weg!", schrie einer der Matrosen,
doch die Geister ließen sie nicht los.
Mit letzter Kraft gelang es Kapitän Thornton und
seinem Team, sich von den Geistern zu befreien und
zurück zur „Aurora" zu fliehen. Doch das Unheil
hatte bereits begonnen. Die Geister hatten einen Teil
ihrer Dunkelheit mit ihnen zurückgebracht, und das
Schiff war nicht mehr das sichere Zuhause, das es
einmal gewesen war.
Kaum hatten sie die „Aurora" betreten, als sich das

Wetter plötzlich änderte. Ein gewaltiger Sturm brach los, der Himmel verdunkelte sich, und der Ozean verwandelte sich in ein tobendes Inferno. Die Mannschaft kämpfte verzweifelt gegen die Elemente, doch es schien, als ob der Fluch der „Elysium" auch sie ergriffen hatte.

„Haltet durch, Männer!", rief Kapitän Thornton über das Brüllen des Sturms hinweg. „Wir dürfen nicht aufgeben!"

Doch die Geister der „Elysium" waren nun auch auf der „Aurora" und verbreiteten Schrecken und Chaos. Die Mannschaft geriet in Panik, und das Schiff wurde von den gewaltigen Wellen hin- und hergeworfen.

Die Geister der „Elysium" jagten die Seeleute durch das Schiff. Einer nach dem anderen fielen sie den geisterhaften Erscheinungen zum Opfer, ihre Schreie wurden vom Sturm verschluckt. Kapitän Thornton wusste, dass sie keine Chance hatten, solange der Fluch nicht gebrochen war.

„Wir müssen das Logbuch vernichten!", rief er. „Das ist der Schlüssel zum Fluch!"

Mit letzter Kraft kämpfte er sich zurück zur Kapitänskajüte und fand das verfluchte Logbuch. Die Geister versuchten, ihn aufzuhalten, doch er entzündete eine Laterne und warf sie auf das Buch. Flammen schossen empor, und ein markerschütternder Schrei erfüllte die Luft, als die Geister sich in Rauch auflösten.

Der Sturm ließ nach, und die See beruhigte sich.

Doch das Schiff war schwer beschädigt, und nur wenige Überlebende blieben an Bord. Kapitän Thornton sank erschöpft zu Boden, als der letzte Schrei der Geister verhallte.

Als der Morgen dämmerte, war die „Aurora" nur noch ein Wrack, das auf den Wellen trieb. Die wenigen Überlebenden, darunter Kapitän Thornton, saßen erschöpft und verstört auf dem Deck. Sie hatten den Kampf gegen die Geister gewonnen, doch der Preis war hoch.

„Wir müssen einen Weg finden, nach Hause zu kommen", sagte Kapitän Thornton schwach. „Wir dürfen nicht aufgeben."

Wochen später wurden sie von einem vorbeifahrenden Handelsschiff entdeckt und gerettet. Die Überlebenden erzählten ihre Geschichte, doch viele hielten sie für verrückt. Die „Aurora" wurde als Geisterschiff bekannt, und die Legende der „Elysium" lebte weiter.

Jahre später, als Kapitän Thornton alt und gebrochen war, kehrte er ein letztes Mal an die Küste zurück. Er starrte auf das weite Meer hinaus und dachte an die verlorenen Seelen der „Elysium" und seiner eigenen Mannschaft. Die Erinnerung an die geisterhaften Erscheinungen und den Fluch, der sie alle getroffen hatte, ließ ihn nicht los.

Er wusste, dass die See ihre Geheimnisse niemals preisgibt und dass die Geister der „Elysium" noch immer auf Erlösung warteten. Und so blieb die

Geschichte des Schiffes der verlorenen Seelen eine ewige Warnung für alle, die es wagten, die dunklen Geheimnisse des Ozeans zu ergründen.

Der Atem der Toten

In einer kleinen Stadt, eingebettet zwischen kargen Hügeln und endlosen Feldern, stand ein unscheinbares Leichenhaus. Dort lebte Edgar Mavris, ein Mann, der den Tod kannte wie kein anderer. Mit ruhigen Händen bereitete er die Toten für ihre letzte Reise vor, richtete ihre Glieder und säuberte ihre wächsernen Gesichter. Seine Arbeit war still, doch er sah sie als Dienst an der Ewigkeit. Edgar war ein Mann, den das Leben nie ganz akzeptiert hatte. Kein Freund, keine Familie – nur die Gesellschaft der stummen, leblosen Körper. Doch selbst für ihn war das, was geschah, nicht zu ertragen. Es begann an einem kalten Wintermorgen, als Edgar in seinem Bett aufwachte und nach Luft rang.

Er erinnerte sich, wie er verzweifelt versucht hatte, zu atmen, als hätte ihn ein unsichtbares Gewicht niedergedrückt. Kein Arzt konnte eine Ursache finden. Die Tage wurden zur Qual, und die Nächte brachten keine Erleichterung. Doch eines Nachts, während er spät an einem Körper arbeitete, passierte etwas Ungewöhnliches.

Er beugte sich über den leblosen Mann und spürte, wie seine Brust sich mit Leichtigkeit füllte. Die Luft war klar, rein, wie ein erlösender Strom. Er hielt inne, die Augen weit aufgerissen. War es möglich? In der Nähe der Toten zu sein – war das der Schlüssel?

Er testete es in den folgenden Tagen und die Wahrheit war unausweichlich: Edgar konnte nur noch in der Gegenwart von Leichen atmen.

Sein Leben veränderte sich. Er blieb immer länger im Leichenhaus, verließ es nur, wenn es unbedingt nötig war. Seine Arbeit wurde zur Obsession. Er perfektionierte die Präparationen, gestaltete die Trauerfeiern mit beispielloser Hingabe. Die Bewohner der Stadt begannen ihn zu bewundern, während Edgar insgeheim seine eigene Abhängigkeit kultivierte.

Doch bald wurde es unheimlich. Menschen in der Stadt begannen häufiger zu sterben. Unfälle, plötzliche Krankheiten – der Tod wurde zu einem ständigen Begleiter. Edgar verdrängte die Gedanken an einen Zusammenhang. Er ignorierte, wie sich die Schatten in den Räumen verdichteten und wie sich die Kälte in den Mauern seines Hauses festsetzte.

Eines Nachts, während er alleine arbeitete, hörte er ein Flüstern.

„Edgar", raunte eine Stimme, leise wie der Wind.

Er blickte auf, doch da war niemand.

„Du gehörst uns."

Die Stimmen wurden zur Regel. Zuerst dachte er, es sei Einbildung, das Ergebnis von zu wenig Schlaf. Doch sie waren real. Sie kamen aus den Ecken des Raumes, aus der Dunkelheit zwischen den Leichen. Es war, als hätten die Seelen der Toten begonnen, ihn zu bemerken.

„Wir haben dir Luft gegeben", flüsterten sie. „Du

bist einer von uns."

Die Toten wurden lebendiger, während Edgar sich selbst immer fremder wurde. Die Grenzen zwischen Leben und Tod verwischten. In den Spiegeln des Leichenhauses sah er manchmal Gestalten hinter sich stehen, die im nächsten Augenblick verschwanden. Manchmal spürte er kalte Finger auf seiner Schulter, wenn er sich über einen Körper beugte.

Doch er blieb. Er konnte nicht anders.

Eines Abends, als ein besonders heftiger Sturm über die Stadt zog, blieb Edgar im Leichenhaus, obwohl keine neuen Kunden gebracht worden waren. Der Wind heulte, Regen prasselte gegen die Fenster, und die Lampen flackerten. Er saß an seinem Tisch, die Hände ruhend auf einem leeren Sarg.

Dann wurde die Luft in dem Raum eisig, und die Stimmen wurden laut.

„Wir haben dir Leben geschenkt."

„Komm zu uns, Edgar."

Vor ihm materialisierte sich eine Gestalt. Es war ein Mann, den er einst präpariert hatte – ein Unfallopfer mit entstelltem Gesicht. Die Erscheinung hob eine knochige Hand, deutete auf Edgar und sprach mit einer Stimme, die aus der Tiefe der Erde zu kommen schien.

„Du hast deine Zeit bei den Lebenden überdauert."

Edgar fiel auf die Knie. Er wusste, dass es kein Zurück gab. Die Luft in seiner Brust wurde schwerer, als würde sie ihn zwingen, eine

Entscheidung zu treffen. Mit zittrigen Händen
streckte er sich nach der Gestalt aus.

„Wenn ich bei euch atmen kann", flüsterte er,
„nehmt mich."

Die Geister stürzten sich auf ihn. Kalte Hände
griffen nach seinem Körper, zogen ihn in die
Schatten. Edgar schrie, doch kein Laut kam über
seine Lippen. Die Dunkelheit verschlang ihn, und in
der Stille blieb nur das leere Leichenhaus zurück.

Das Tagebuch der Elisabeth Marlowe

Es war ein sonniger Samstagmorgen, als Laura durch die verwinkelten Gänge des Flohmarkts schlenderte. Die Stände waren mit einer Vielzahl von Gegenständen gefüllt: antike Möbel, alte Bücher, Schallplatten und allerlei Kuriositäten. Laura war immer auf der Suche nach alten Büchern und Zeitschriften, die sie ihrer Sammlung hinzufügen konnte. Heute war sie besonders hoffnungsvoll, etwas Interessantes zu finden.

An einem Stand, der mit allerlei Antiquitäten übersät war, entdeckte sie ein altes, in Leder gebundenes Tagebuch. Es wirkte abgenutzt und war offensichtlich sehr alt. Der Einband war mit feinen Mustern verziert, die inzwischen kaum noch zu erkennen waren. Laura fühlte sich sofort davon angezogen.

„Wie viel für das Tagebuch?", fragte sie den Verkäufer, einen älteren Herrn mit dichtem weißen Haar und tiefen Falten im Gesicht.

„Für dich, junge Dame, zehn Euro", antwortete er lächelnd. „Aber ich muss dich warnen, es hat eine dunkle Geschichte. Viele Menschen behaupten, dass es verflucht ist."

Laura lachte und zahlte das Geld. Sie war nicht abergläubisch und fand die Idee eines verfluchten Tagebuchs eher aufregend als beängstigend. Mit ihrem neuen Fund im Gepäck machte sie sich auf den Heimweg.

Zu Hause setzte sich Laura bequem in ihren Lieblingssessel und begann, das Tagebuch zu studieren. Die ersten Seiten waren leer, aber nach ein paar Blättern fand sie den ersten Eintrag:

„15. März 1893. Heute habe ich beschlossen, meine Gedanken in diesem Tagebuch festzuhalten. Mein Name ist Elisabeth Marlowe, und dies ist der Beginn meiner Geschichte."

Laura war fasziniert. Die Schrift war elegant und fließend, und die Einträge schienen detailliert und persönlich zu sein. Sie las weiter, völlig in Elisabeths Welt vertieft.

Die Tagebuchaufzeichnungen schilderten Elisabeths Leben in einem kleinen Dorf. Sie schrieb über ihre täglichen Erlebnisse, ihre Familie und Freunde, und über einen Mann namens Thomas, den sie sehr zu lieben schien. Doch schon bald bemerkte Laura, dass sich der Ton der Einträge veränderte. Elisabeth begann, über seltsame Vorfälle zu schreiben – unheimliche Geräusche in der Nacht, das Gefühl, beobachtet zu werden, und merkwürdige Träume.

Eines Abends, als Laura wieder in das Tagebuch vertieft war, stieß sie auf einen besonders beunruhigenden Eintrag:

„10. April 1893. Ich weiß nicht, was geschieht. In meinen Träumen sehe ich Gestalten, die mich rufen. Es ist, als ob etwas Dunkles in unserem Haus lauert. Thomas glaubt mir nicht, aber ich spüre es. Etwas Böses ist hier."

Laura spürte eine Gänsehaut aufsteigen. Die Einträge wurden immer unheimlicher, und Elisabeths Verzweiflung war greifbar. Schließlich stieß Laura auf den letzten Eintrag:

„5. Mai 1893. Dies wird mein letzter Eintrag sein. Ich kann den Fluch nicht mehr ertragen. Ich fürchte, ich werde den Verstand verlieren. Wenn jemand dies findet, bitte betet für meine Seele. Ich habe etwas Dunkles entfesselt, und es wird mich holen."

Laura schloss das Tagebuch und starrte darauf. Sie fühlte sich unwohl, aber gleichzeitig war sie entschlossen, mehr über Elisabeths Schicksal herauszufinden. Sie beschloss, im Internet nach Informationen über Elisabeth Marlowe zu suchen.

In den folgenden Tagen verbrachte Laura Stunden damit, alte Zeitungsarchive und historische Aufzeichnungen durchzusehen. Schließlich stieß sie auf eine kleine Notiz in einer lokalen Zeitung aus dem Jahr 1893: „Tragischer Tod von Elisabeth Marlowe. Junge Frau gefunden, offenbar Opfer eines Unfalls. Dorf in Trauer."

Es gab keine Details, aber Laura war überzeugt, dass Elisabeths Tod mit den Ereignissen in ihrem Tagebuch zusammenhing. Sie fühlte sich gedrängt, mehr zu erfahren und vielleicht sogar den Fluch zu brechen, der Elisabeth heimgesucht hatte.

Kurz nachdem Laura mit ihren Nachforschungen begonnen hatte, bemerkte sie seltsame Dinge in ihrer eigenen Umgebung. Zuerst waren es nur Kleinigkeiten: ein kalter Luftzug, obwohl alle

Fenster geschlossen waren, oder das Gefühl, beobachtet zu werden. Doch bald wurden die Vorfälle intensiver. Eines Nachts hörte sie ein leises Flüstern, das aus dem Schlafzimmer zu kommen schien. Als sie das Licht anmachte, war niemand da. Laura versuchte, die Vorfälle zu ignorieren und konzentrierte sich weiter auf das Tagebuch. Sie las die Einträge immer wieder, in der Hoffnung, einen Hinweis darauf zu finden, wie sie den Fluch brechen konnte. Eines Abends, als sie besonders erschöpft war, schlief sie mit dem Tagebuch in der Hand ein.

In der Nacht hatte Laura einen lebhaften Traum. Sie befand sich in einem alten, düsteren Haus, das ihr fremd war, aber seltsam vertraut wirkte. In einem der Zimmer sah sie eine junge Frau – Elisabeth. Sie stand vor einem Spiegel und weinte.

„Elisabeth?", rief Laura, aber die Frau reagierte nicht. Plötzlich drehte sich Elisabeth um, und ihre Augen waren leer und voller Schmerz.

„Du musst mir helfen", flüsterte sie. „Es wird uns beide holen, wenn du den Fluch nicht brichst."

Laura wachte schweißgebadet auf. Sie wusste, dass sie handeln musste, bevor es zu spät war.

Am nächsten Tag fuhr Laura in das Dorf, in dem Elisabeth gelebt hatte. Sie hoffte, mehr Informationen zu finden. Im örtlichen Archiv stieß sie auf einen alten Grundriss des Marlowe-Anwesens, das inzwischen verlassen und verfallen war. Dort fand sie auch Hinweise auf einen geheimen Raum im Haus, den niemand zuvor erwähnt hatte.

Laura beschloss, das alte Anwesen zu besuchen. Mit einer Taschenlampe bewaffnet, betrat sie das verfallene Haus. Es war unheimlich still, und jeder Schritt hallte durch die leeren Räume. Schließlich fand sie den geheimen Raum, verborgen hinter einem alten Bücherregal.

Im Raum entdeckte sie einen Altar und alte, zeremonielle Gegenstände. Auf dem Altar lag ein Buch, das dem Tagebuch ähnlich war. Laura öffnete es und erkannte, dass es ein Zauberbuch war – voller dunkler Rituale und Beschwörungen.

Laura wusste, dass sie das Ritual rückgängig machen musste, um den Fluch zu brechen. Im Buch fand sie eine Anweisung, wie man einen Fluch aufhebt. Sie benötigte spezielle Zutaten, die sie in der Umgebung des Hauses finden konnte: eine alte Kerze, ein Stück Spiegel und eine Handvoll Erde aus dem Garten.

Mit zitternden Händen führte Laura das Ritual durch. Sie sprach die alten Worte und zündete die Kerze an. Plötzlich füllte sich der Raum mit einem kalten Wind, und sie hörte das Flüstern von vielen Stimmen. Der Boden schien zu beben, und Schatten tanzten an den Wänden.

Nach einem langen, quälenden Moment verschwanden die Schatten, und eine friedliche Stille kehrte ein. Laura spürte eine warme Präsenz und sah Elisabeths Geist, der nun ruhig und gelöst wirkte.

„Danke", flüsterte Elisabeth, bevor sie verschwand.

Laura spürte eine immense Erleichterung. Der Fluch war gebrochen, und sie hatte nicht nur Elisabeths Seele befreit, sondern auch sich selbst gerettet. Sie verließ das alte Anwesen, das nun nur noch ein Schatten seiner unheilvollen Vergangenheit war. Zurück zu Hause schrieb Laura ihre Erlebnisse in ein neues Tagebuch. Sie wollte sicherstellen, dass niemand anderes jemals die Schrecken erleben musste, die sie und Elisabeth durchgemacht hatten. Das alte Tagebuch, das alles begonnen hatte, verwahrte sie sicher in einer verschlossenen Kiste – eine Erinnerung an das, was gewesen war, und eine Warnung vor den Gefahren, die in alten Büchern lauern können.

Der Friedhofswächter

William Carter hätte sich nie träumen lassen, dass er einmal als Friedhofswächter arbeiten würde. Nach dem tragischen Tod seiner Frau und den finanziellen Schwierigkeiten, die daraus folgten, war die Position auf dem alten Greenwood-Friedhof in der kleinen Stadt Millfield seine einzige Chance, wieder Fuß zu fassen.

Der Friedhof lag auf einem abgelegenen Hügel, umgeben von einem dichten Wald, der die Szenerie noch düsterer und mysteriöser erscheinen ließ. Die Grabsteine waren alt und verwittert, viele mit Moos bedeckt und die Inschriften kaum noch lesbar. Das kleine Haus des Friedhofswächters, in dem William nun leben würde, stand am Eingang des Friedhofs, halb versteckt hinter hohen, knorrigen Bäumen.

"Willkommen, Mr. Carter", sagte der Bürgermeister, ein älterer Mann mit grauem Haar und ernster Miene. "Es ist kein einfacher Job, aber ich bin sicher, Sie werden sich schnell einleben."

William nickte und nahm die Schlüssel entgegen. Er war ein Mann Mitte fünfzig, mit einem Gesicht, das von Sorgen und Enttäuschungen gezeichnet war. Die letzten Jahre waren hart gewesen, und er hoffte, dass die Ruhe und Abgeschiedenheit des Friedhofs ihm etwas Frieden bringen würden.

Die ersten Nächte verliefen ruhig. William gewöhnte sich an die Stille des Friedhofs, die nur gelegentlich von Eulenrufen oder dem Rascheln der Blätter unterbrochen wurde. Er verbrachte seine Tage damit, die verwahrlosten Grabstätten zu pflegen und die Pfade freizuräumen, während die Abende mit einem guten Buch und einer Tasse Tee im Haus verbracht wurden.

Doch in der dritten Nacht hörte er etwas, das seine Ruhe störte. Es war ein leises, klagendes Weinen, das aus der Tiefe des Friedhofs zu kommen schien. William stand auf und nahm seine Taschenlampe. Er ging hinaus in die kühle Nacht und folgte dem Geräusch, das immer lauter wurde, je weiter er ging. Schließlich erreichte er den ältesten und abgelegensten Teil des Friedhofs, wo die Grabsteine fast vollständig überwuchert waren. Dort, neben einem verfallenen Mausoleum, sah er eine Gestalt. Es war eine junge Frau, die in einem altmodischen Kleid gekleidet war und auf einem Grabstein saß, ihr Gesicht in den Händen vergraben.

"Hallo?", rief William und trat näher. Die Frau hob den Kopf, und William erschrak. Ihr Gesicht war blass und durchsichtig, ihre Augen leer und voller Trauer.

"Warum weinst du?", fragte er zögernd.

"Er hat mich hier gelassen", flüsterte die Frau. "Ich kann nicht gehen, bis er zurückkommt."

Bevor William mehr fragen konnte, verschwand die Gestalt spurlos. Verwirrt und beunruhigt kehrte er in sein Haus zurück, doch der Gedanke an die geisterhafte Erscheinung ließ ihn nicht los.

Am nächsten Tag machte William sich auf den Weg

zur örtlichen Bibliothek. Er wollte mehr über den Friedhof und seine Geschichte herausfinden. Die Bibliothekarin, eine ältere Dame namens Mrs. Henderson, war freundlich und hilfsbereit.

"Der Greenwood-Friedhof hat eine lange und traurige Geschichte", erklärte sie und führte ihn zu einem Regal mit alten Büchern und Zeitungsartikeln. "Viele Menschen sind hier begraben, die unter tragischen Umständen gestorben sind."

William verbrachte den ganzen Tag damit, alte Aufzeichnungen zu durchsuchen. Schließlich stieß er auf einen Artikel aus dem Jahr 1873, der über einen Mordfall berichtete. Eine junge Frau namens Eleanor Grey war auf dem Friedhof ermordet worden, und der Täter wurde nie gefasst.

"Das muss sie gewesen sein", murmelte William. "Aber warum erscheint sie jetzt?"

Mrs. Henderson sah ihn besorgt an. "Es gibt Gerüchte, dass die Geister derjenigen, die auf dem Greenwood-Friedhof ermordet wurden, nie Ruhe gefunden haben. Einige behaupten, sie erscheinen immer dann, wenn etwas Schlimmes bevorsteht."

William spürte eine kalte Hand, die sein Herz umklammerte. Was stand bevor?

In den folgenden Nächten nahm die Unruhe auf dem Friedhof zu. William hörte seltsame Geräusche – Flüstern, Schritte und das Weinen der jungen Frau. Mehrere Male glaubte er, Schatten in den Ecken seines Hauses zu sehen, die verschwanden, sobald er das Licht einschaltete.

Eines Nachts, als er wieder das Weinen hörte, beschloss William, dem Spuk ein Ende zu setzen. Er ging hinaus und rief nach Eleanor. Die Gestalt erschien erneut, ihr Gesicht verzerrt vor Schmerz. "Warum bist du hier?", fragte William verzweifelt. "Er wird zurückkehren", flüsterte sie. "Und er wird wieder töten."
Bevor William mehr fragen konnte, verschwand sie erneut. Doch ihre Worte ließen ihn nicht los. Wer war "er", und warum sollte er zurückkehren?
Am nächsten Tag besuchte William den örtlichen Pfarrer, Father O'Malley, in der Hoffnung, Antworten zu finden. Der Pfarrer hörte ihm geduldig zu und nickte ernst.
"Es gibt Legenden über einen alten Fluch, der auf dem Friedhof lastet", sagte Father O'Malley. "Ein Fluch, der besagt, dass die Seelen derjenigen, die dort ermordet wurden, ruhelos bleiben, bis der Mörder bestraft ist. Doch in Eleanors Fall wurde der Mörder nie gefunden."
"Was kann ich tun?", fragte William. "Wie kann ich diesen Fluch brechen?"
"Die Legenden besagen, dass nur ein reiner Akt der Buße und der Gerechtigkeit die Geister beruhigen kann", antwortete der Pfarrer. "Doch es ist gefährlich. Die Dunkelheit, die auf dem Friedhof lastet, ist stark und bösartig."
In der folgenden Nacht bereitete sich William vor. Bewaffnet mit einem alten Amulett, das ihm der Pfarrer gegeben hatte, und einer Bibel, machte er

sich erneut auf den Weg zu dem verfallenen Mausoleum. Das Weinen war lauter als je zuvor, und als er ankam, sah er nicht nur Eleanor, sondern auch andere geisterhafte Gestalten.

"Ich bin hier, um euch zu helfen", sagte William entschlossen. "Ich werde Gerechtigkeit für euch finden."

Plötzlich verdichtete sich die Dunkelheit um ihn herum, und eine bedrohliche Präsenz machte sich bemerkbar. Ein Mann in altmodischer Kleidung, mit einem grausamen Lächeln auf den Lippen, erschien vor ihm.

"Du wagst es, meinen Frieden zu stören?" zischte der Mann. "Ich habe sie alle getötet, und ich werde dich auch töten."

Es war der Mörder, der zurückgekehrt war, um seinen Fluch zu erfüllen. Doch William ließ sich nicht einschüchtern. Er hielt das Amulett hoch und begann, laut aus der Bibel zu lesen. Die Geister wichen zurück, als das Licht des Amuletts heller wurde.

"Du wirst sie nicht mehr quälen!", rief William und trat einen Schritt vor.

Der Mörder schrie auf, als das Licht ihn traf. Sein Körper begann zu brennen, und er löste sich in einer Rauchwolke auf. Die Geister der Ermordeten sahen ihm nach, und als er verschwunden war, begannen sie zu verblassen.

"Danke", flüsterte Eleanor, bevor auch sie verschwand.

Als der Morgen dämmerte, lag der Friedhof still und friedlich da. Die unheimliche Atmosphäre war verschwunden, und William fühlte sich, als wäre eine große Last von ihm genommen worden. Die Geister hatten endlich ihren Frieden gefunden, und der Fluch war gebrochen.

William blieb noch viele Jahre der Friedhofswächter von Greenwood, doch nie wieder wurde der Friedhof von Unruhen heimgesucht. Die Legenden von den Geistern verblassten mit der Zeit, doch die Geschichte von William Carter, der den Frieden wiederherstellte, wurde in Millfield noch lange erzählt.

Und so blieb der Friedhof ein Ort der Ruhe, wo die Toten ungestört schliefen, und der Friedhofswächter, der einst ein gebrochener Mann war, fand seinen eigenen Frieden in der Stille und Abgeschiedenheit, die er so lange gesucht hatte.

Ein Geist geht um

Im Sommer 2023 beschlossen vier Freunde, ihren Urlaub in einem abgelegenen Feriendorf an der Nordküste Dänemarks zu verbringen. Das idyllische Dorf, eingebettet zwischen sanften Dünen und der rauen Nordsee, versprach Ruhe und Erholung. Sie hatten ein charmantes Ferienhaus gemietet, das von malerischen Heideflächen und alten Kiefern umgeben war.

Elena, die die Reise organisiert hatte, war begeistert, als sie die Schlüssel vom freundlichen Verwalter des Feriendorfs überreicht bekam. Ihr Freund Markus, ein leidenschaftlicher Fotograf, freute sich auf die spektakulären Sonnenuntergänge und die wilden Landschaften. Laura und Tom, das andere Paar, wollten einfach nur dem Alltagsstress entkommen und die Ruhe genießen.

Die ersten Tage verbrachten sie damit, die Umgebung zu erkunden. Sie wanderten entlang der endlosen Strände, badeten im kühlen Meer und genossen abends die langen Gespräche bei Kerzenschein. Alles schien perfekt. Doch bald begannen seltsame Dinge zu passieren.

Es begann mit kleinen, leicht zu übersehenden Vorfällen. Elena bemerkte, dass ihre Haarbürste jeden Morgen an einem anderen Ort lag, obwohl sie sich sicher war, sie immer an denselben Platz zu legen. Markus fand seine Kameraobjektive verschoben vor, obwohl er sie nie anrührte. Laura und Tom hörten nachts merkwürdige Geräusche, die sie sich nicht erklären konnten.

Zunächst lachten sie über die merkwürdigen Vorkommnisse und schoben sie auf die Eigenheiten des alten Hauses. Doch die Ereignisse häuften sich und wurden immer unheimlicher. Eines Nachts erwachte Markus schweißgebadet, weil er das Gefühl hatte, jemand stünde direkt neben seinem Bett und starrte ihn an. Als er das Licht einschaltete, war niemand da, doch das beklemmende Gefühl blieb.

Elena begann, von Albträumen geplagt zu werden. Sie träumte von einer düsteren Gestalt, die durch das Haus schlich und ihr zuflüsterte, dass sie hier nicht willkommen seien. Die Träume waren so real, dass sie jedes Mal schreiend aufwachte und die anderen aus dem Schlaf riss.

Laura und Tom hatten ebenfalls ihre Begegnungen. Eines Abends, als sie gemeinsam im Wohnzimmer saßen, um ein Spiel zu spielen, bemerkten sie, dass die Temperatur plötzlich stark abfiel. Ein kalter Windhauch zog durch den Raum, obwohl alle Fenster geschlossen waren. Tom spürte plötzlich eine unsichtbare Hand auf seiner Schulter, die ihn festhielt. Er sprang auf und schrie, aber als die anderen fragten, was los sei, konnte er es nicht erklären.

Die Freunde wurden zunehmend paranoid und angespannt. Elena beschloss, mit den Einheimischen zu sprechen, um herauszufinden, ob sie etwas über das Haus wussten. Die Dorfbewohner reagierten abweisend und schienen es zu vermeiden, über das Haus zu sprechen. Schließlich traf sie auf eine alte Frau, die bereit war, mit ihr zu sprechen. Sie erzählte ihr von der tragischen Geschichte des Hauses.

Vor vielen Jahren lebte in dem Haus eine Familie. Die Eltern und ihre zwei Kinder galten als glücklich und wohlhabend. Doch eines Nachts geschah eine schreckliche Tragödie. Die Mutter, von tiefem Kummer geplagt, nahm sich das Leben, und seitdem heißt es, dass ihr Geist im Haus verweilt und Unheil über jeden bringt, der dort lebt.

Elena erzählte ihren Freunden von der Geschichte, doch sie reagierten unterschiedlich. Markus war skeptisch und glaubte nicht an Geister. Laura war verängstigt und wollte das Haus sofort verlassen, während Tom versuchte, einen rationalen Ansatz zu finden und die Vorfälle zu erklären.

Die Situation spitzte sich weiter zu. Eines Nachts erwachte Elena von einem merkwürdigen Geräusch. Es klang, als ob jemand weinte. Sie folgte dem Geräusch durch das dunkle Haus bis in den Keller. Dort fand sie Laura, die völlig aufgelöst auf dem Boden saß und schluchzte. „Sie hat mir von ihrem Schmerz erzählt", flüsterte Laura. „Sie will, dass wir gehen."

Die Freunde beschlossen, dass sie das Haus verlassen mussten. Sie packten hastig ihre Sachen und verließen das Haus noch in der Nacht. Doch das Pech verfolgte sie auch außerhalb des Hauses. Auf der Fahrt zurück in die Stadt hatte ihr Auto eine Panne, und sie mussten Stunden warten, bis sie Hilfe bekamen. Ihre Rückkehr in die Zivilisation war von ständigen Unfällen und Missgeschicken begleitet, die sie sich nicht erklären konnten.

Zu Hause angekommen, schien das Unheil sie weiterhin zu verfolgen. Markus verlor seine wertvolle Kameraausrüstung bei einem Einbruch, Laura hatte einen Unfall auf dem Weg zur Arbeit, und Tom wurde schwer krank. Elena war überzeugt, dass der Geist des Hauses ihnen gefolgt war.

In ihrer Verzweiflung suchten sie die Hilfe eines Mediums. Frau Vassallo, eine ältere Frau mit scharfem Blick und einem beruhigenden Auftreten, erklärte ihnen, dass der Geist der verstorbenen Frau an ihren Schmerz gebunden war und nur durch einen Akt der Versöhnung und des Friedens erlöst werden konnte.

Gemeinsam mit Frau Vassallo kehrten sie in das verfluchte Haus zurück. Das Medium führte sie durch ein Ritual, bei dem sie Kerzen entzündeten und Gebete sprachen. Frau Vassallo forderte den Geist auf, seinen Frieden zu finden und das Haus und die Lebenden in Ruhe zu lassen.

Plötzlich wurde die Luft kalt und schwer. Ein leises Wimmern erfüllte den Raum, gefolgt von einem kalten Hauch, der die Kerzenflammen flackern ließ. Die Freunde hielten sich an den Händen, ihre Herzen schlugen schneller. Frau Vassallo sprach in einer alten, unbekannten Sprache weiter, bis das Wimmern schließlich verstummte und eine tiefe Ruhe eintrat. Das Medium erklärte ihnen, dass der Geist nun erlöst sei und sie in Frieden gelassen würden. Die Freunde verließen das Haus ein letztes Mal, erschöpft, aber erleichtert.

Zurück in ihren eigenen Leben, schien das Pech, das sie verfolgt hatte, endlich verschwunden zu sein. Markus fand neue Aufträge für seine Fotografie, Laura erholte sich vollständig von ihrem Unfall, und Toms Gesundheit kehrte zurück. Elena spürte eine tiefe Dankbarkeit für die Erfahrungen und die Freundschaften, die sie durch diese Prüfung noch stärker gemacht hatten.

Das Feriendorf, das einst ein Ort des Unheils war, konnte nun wieder zur Ruhe kommen. Die Freunde hatten gelernt, dass die Vergangenheit uns immer einholen kann, aber auch, dass wir die Macht haben, sie zu erlösen und uns selbst zu befreien.

Und so ging die Geschichte des Ferienhauses weiter, ein Ort voller Erinnerungen und Geheimnisse, der nun in Frieden ruhte. Die Freunde hatten gelernt, dass die Vergangenheit uns immer einholen kann, aber auch, dass wir die Macht haben, sie zu erlösen und uns selbst zu befreien.

Die Heimreise verlief ohne weitere Zwischenfälle, und als die Freunde in ihre jeweiligen Städte zurückkehrten, begannen sie, die Ereignisse der vergangenen Wochen zu verarbeiten. Jeder auf seine Weise.

Elena, die stets die Anführerin der Gruppe war, fühlte sich durch die Erlebnisse im Ferienhaus verändert. Die Erlebnisse hatten ihr eine neue Perspektive auf das Leben und die Vergänglichkeit gezeigt. Sie begann, sich intensiver mit der Geschichte des Hauses und der Region zu beschäftigen. Sie wollte verstehen, was die Frau in ihren letzten Tagen so verzweifelt gemacht hatte, dass sie keinen anderen Ausweg gesehen hatte. Durch ihre Nachforschungen entdeckte Elena alte Zeitungsartikel und Tagebücher, die das Leben der Familie schilderten. Die Mutter, die damals im Haus lebte, war offenbar eine talentierte Malerin gewesen, die nach dem Verlust ihres Kindes in eine tiefe Depression fiel. Elena fand einige ihrer Gemälde in einem kleinen Museum in der Nähe des Dorfes, die von einer tiefen Traurigkeit und Einsamkeit zeugten. Diese Entdeckungen bewegten Elena zutiefst und sie beschloss, ein Buch über die Geschichte zu schreiben, um das Andenken der Frau zu ehren und ihre Geschichte zu erzählen.

Markus, der Fotograf, kehrte mit einer neuen künstlerischen Vision nach Hause zurück. Die Begegnungen im Ferienhaus hatten ihn inspiriert, die Beziehung zwischen Licht und Schatten, Leben und Tod auf eine tiefere Weise zu erforschen. Er begann, eine Serie von Fotos zu erstellen, die von seinen Erlebnissen inspiriert waren. Diese Fotos fanden schnell Anerkennung in der Kunstszene und wurden in mehreren Galerien ausgestellt. Markus war sich

sicher, dass die Erfahrungen im Ferienhaus seine
Kunst für immer verändert hatten.

Laura und Tom entschieden sich, ihre Beziehung zu
überdenken und die Lektionen zu nutzen, die sie
gelernt hatten. Die Erlebnisse hatten ihnen gezeigt,
wie zerbrechlich das Leben sein kann und wie
wichtig es ist, sich auf das zu konzentrieren, was
wirklich zählt. Sie begannen, mehr Zeit miteinander
zu verbringen und ihre Bindung zu stärken. Die
gemeinsamen traumatischen Erlebnisse hatten sie
näher zusammengebracht und ihnen geholfen, ihre
Prioritäten zu überdenken. Tom fand einen neuen
Job, der weniger stressig war, und Laura entschied
sich, eine Weile auszusetzen, um ihre mentale
Gesundheit zu pflegen und sich auf ihre Hobbys zu
konzentrieren.

Ein Jahr später, im Sommer 2024, kehrten die vier
Freunde zurück nach Dänemark. Diesmal war es
eine bewusste Entscheidung, um das Haus und die
Umgebung in einem neuen Licht zu erleben. Sie
hatten beschlossen, sich den Erinnerungen zu stellen
und das Kapitel endgültig abzuschließen.

Als sie das Ferienhaus wieder betraten, fühlte es sich
anders an. Die Atmosphäre war friedlich und ruhig.
Sie spürten, dass der Geist der Frau endlich Ruhe
gefunden hatte. Gemeinsam verbrachten sie eine
Woche damit, die Schönheit der Gegend zu genießen
und die Natur zu erkunden. Es war eine heilende
Reise, die ihnen half, die vergangenen Erlebnisse zu

verarbeiten und Frieden zu finden.

Während ihrer Rückkehr ins Dorf besuchten sie auch das kleine Museum, in dem die Gemälde der verstorbenen Frau ausgestellt waren. Elena hatte sich intensiv mit der Geschichte beschäftigt und die Veröffentlichung ihres Buches stand kurz bevor. Sie widmete es der Frau und ihrer Familie, um deren Geschichte und das Leid, das sie erlitten hatten, nicht in Vergessenheit geraten zu lassen.

Am letzten Abend ihrer Reise saßen sie gemeinsam auf der Terrasse des Ferienhauses und blickten auf die untergehende Sonne über der Nordsee. Die Erfahrungen des letzten Jahres hatten sie verändert, aber auch gestärkt. Sie wussten, dass sie immer die Erinnerungen und Lektionen bei sich tragen würden, die sie in diesem Haus gelernt hatten.

Markus fotografierte den Sonnenuntergang, Laura und Tom hielten sich an den Händen, und Elena schrieb die letzten Zeilen ihres Buches. Sie spürten, dass sie etwas Bedeutungsvolles durchlebt hatten und dass sie durch diese Erlebnisse nicht nur als Individuen, sondern auch als Freunde gewachsen waren.

Das Ferienhaus, einst ein Ort des Unheils, war nun ein Symbol für ihre gemeinsame Reise und ihre individuelle Transformation. Sie wussten, dass sie nie wieder die gleichen Menschen sein würden wie zuvor, und das war gut so. Gemeinsam hatten sie ihre Ängste überwunden, ihre Freundschaften gestärkt und gelernt, dass selbst in den dunkelsten

Momenten Licht und Hoffnung zu finden sind.
Die Nacht brach herein, und die Freunde saßen noch
lange zusammen, tauschten Geschichten aus, lachten
und erinnerten sich an die vergangenen Ereignisse.
Das Haus war nun ruhig und friedlich, und die
Geister der Vergangenheit waren endgültig erlöst.
Sie wussten, dass sie immer wieder hierher
zurückkehren könnten, aber diesmal ohne Angst und
mit einem Gefühl des Friedens und der Dankbarkeit.
Und so ging die Geschichte des Ferienhauses weiter,
ein Ort voller Erinnerungen und Geheimnisse, der
nun in Frieden ruhte. Die Freunde hatten gelernt,
dass die Vergangenheit uns immer einholen kann,
aber auch, dass wir die Macht haben, sie zu erlösen
und uns selbst zu befreien.

Die schwarze Kutsche

In finstrer Nacht, in Nebels Hand,
Ergriff mich etwas, seltsam, bekannt.
Ein Hufschlag klang, so dumpf und schwer,
Ein Schatten kroch von Ferne her.

„Die schwarze Kutsche holt uns ein,
Ihr Ziel ist fern, ihr Weg ist dein."

Ich sah hinaus, das Herz erfror,
Kein Stern, kein Mond, nur der Finsternis' Chor.
Vor meinem Haus stand schwarz und stumm
Ein Wagen, düster, schrecklich krumm.

„Wer ruft mich?", flüsterte ich bang,
Da klang es wie ein Todesklang.
Der Kutscher, bleich, sein Blick ein Flicken,
Gab keine Antwort, nur ein Nicken.

„Die schwarze Kutsche holt uns ein,
Ihr Ziel ist fern, ihr Weg ist dein."

„Herr Dichter", sprach er, leise, kalt,
„Die Zeit drängt sehr, die Nacht wird alt.
Steigt ein, der Weg ist weit und schwer,
Doch Ruhm erwartet euch, und mehr."

Ein Flüstern lockte, ein süßer Schein,
Vielleicht wird dies mein Durchbruch sein.
Ich stieg hinauf, die Tür fiel zu,
Ein kalter Hauch raubte mir die Ruh'.

„Die schwarze Kutsche holt uns ein,
Ihr Ziel ist fern, ihr Weg ist dein."

Die Räder knarrten, der Pfad verschwand,
Kein Ziel, kein Plan, kein fester Stand.
Der Kutscher schwieg, sein Antlitz leer,
Die Kutsche fuhr, als trieb sie mehr.

„Wo geht's denn hin?", wagte ich zu frag'n,
Doch keine Antwort ließ er sag'n.
Der Nebel dichter, der Weg verdreht,
Ein Albtraum, der kein Ende steht.

„Die schwarze Kutsche holt uns ein,
Ihr Ziel ist fern, ihr Weg ist dein."

Die Wälder wuchsen, kahl und wild,
Ihr Antlitz starr, von Schatten erfüllt.
Ein Flüstern klang, so kalt, so klar,
Als sprächen Geister, längst nicht mehr da.

„Was wollt ihr von mir?", schrie ich laut,
Doch ihre Stimmen blieben grau.
Der Kutscher lachte, leer und schwer,
Und führte mich durch Schattenmeer.

„Die schwarze Kutsche holt uns ein,
Ihr Ziel ist fern, ihr Weg ist dein."

Ein Dorf erschien, so alt, so tot,
Die Straßen brachen, der Boden rot.
Die Türen knarrten, von niemand bewacht,
Ein Ort, den der Tod zum Schweigen bracht.

„Dies ist dein Werk", sprach der Mann,
„Hier fing dein Lebensdichten an.
Doch was du schufst, war keine Kunst,
Nur Stolz und Gier in dunkler Brunst."

„Die schwarze Kutsche holt uns ein,
Ihr Ziel ist fern, ihr Weg ist dein."

Ein Chor aus Stimmen, still und bang,
Erklang wie ein vergessener Sang.
„Deine Worte, Dichter, waren Gift,
Sie brachten Schmerz, der nicht versieht."

Ich suchte Licht, ich suchte Halt,
Doch nur die Kutsche zog durch Gewalt.
Die Schatten sangen, die Räder drehn',
Ein ewiger Kreis, kein Wiedersehn'.

„Die schwarze Kutsche holt uns ein,
Ihr Ziel ist fern, ihr Weg ist dein."

Ich fiel hinab, ein Strudel zog,
Von Schuld und Reue, ein dunkler sog.
Die Stimmen riefen, mein Geist zerbrach,
In diese Nacht, die kein Morgen macht.

Wenn du den Hufschlag jemals hörst,
Wenn Nebel drückt und Seele zerstört,
Flieh schnell, mein Freund, bleib still und geh,
Die schwarze Kutsche bringt nur Weh.

„Die schwarze Kutsche holt uns ein,
Ihr Ziel ist fern, ihr Weg ist dein."

Der einsame Leuchtturm

Der kalte Wind blies unaufhörlich über die zerklüftete Küste, als Jonathan Morgan aus seinem alten Land Rover stieg. Vor ihm erhob sich der einsame Leuchtturm von Blackwater Point, seine weiß gestrichenen Mauern waren von Jahren des Seewetters gezeichnet. Die Wellen schlugen rhythmisch gegen die Felsen, und die Möwen kreischten über ihm in der grauen Abenddämmerung.

Jonathan war der neue Leuchtturmwärter. Nach Jahren in der hektischen Stadt hatte er sich nach einem ruhigen Ort gesehnt, um seinem Leben eine neue Richtung zu geben und in der Stille des Ozeans zu sich selbst zu finden. Er griff nach seinen Koffern und ging zur schweren Holztür des Leuchtturms, die mit einem knarrenden Geräusch aufschwang.

Der Innenraum des Leuchtturms war schlicht und funktional: eine kleine Küche, ein einfaches Schlafzimmer und die Wendeltreppe, die zur Laterne hinaufführte. Jonathan stellte sein Gepäck ab und machte sich daran, die Räume zu erkunden. Er wusste, dass er die nächsten Monate in völliger Einsamkeit verbringen würde, nur begleitet vom endlosen Rauschen des Meeres und dem Licht, das Nacht für Nacht über die See strahlen musste.

In den ersten Tagen und Nächten fand Jonathan die ersehnte Ruhe. Er genoss die frische Seeluft und die weite, offene Landschaft. Doch schon in der dritten

Nacht wurde diese Ruhe gestört. Mitten in der Nacht hörte er ein leises, unregelmäßiges Klopfen, das aus den Tiefen des Leuchtturms zu kommen schien. Zunächst ignorierte er es, schob es auf das alte Holz oder den Wind, der durch die Ritzen des alten Gebäudes pfiff. Doch das Klopfen wurde jede Nacht lauter und deutlicher, bis Jonathan nicht mehr schlafen konnte. Er nahm seine Taschenlampe und folgte dem Geräusch hinunter in den Keller, wo die Luft feucht und schwer war.

Im Keller konnte er das Klopfen deutlicher hören. Es kam aus einer Ecke des Raumes, doch als er die Taschenlampe dorthin richtete, sah er nichts. Das Klopfen verstummte, sobald er den Raum betrat, und hinterließ eine unheimliche Stille. Mit einem mulmigen Gefühl ging Jonathan wieder nach oben und versuchte, den Vorfall zu vergessen.

Einige Tage später beschloss Jonathan, ins nahegelegene Dorf zu fahren, um Vorräte zu kaufen und sich bei den Dorfbewohnern umzuhören. In der kleinen Kneipe des Dorfes begann er ein Gespräch mit dem alten Wirt, einem Mann namens Richard. „Du bist der neue Leuchtturmwärter, nicht wahr?", fragte Richard neugierig. Jonathan nickte und erzählte von den unheimlichen Geräuschen, die er jede Nacht hörte. Richard runzelte die Stirn und beugte sich näher zu ihm. „Hast du von der Legende des Leuchtturms gehört?" Jonathan schüttelte den Kopf.

Richard erzählte ihm von einem Vorfall, der viele

Jahre zurücklag. „Der Leuchtturm wurde einst von einem Mann namens Samuel Crowe betrieben. Eines Nachts während eines heftigen Sturms strandete ein Schiff in der Nähe der Klippen. Samuel konnte das Unglück nicht verhindern, und viele Seeleute starben. Von Schuldgefühlen geplagt, erhängte er sich im Keller des Leuchtturms. Seitdem soll sein Geist dort spuken."

Jonathan lief ein kalter Schauer über den Rücken. „Das klingt nach einer alten Seemannsgeschichte", sagte er, doch die Sorge in seiner Stimme war nicht zu überhören. Richard zuckte mit den Schultern. „Vielleicht. Aber viele haben gesagt, dass sie dort seltsame Dinge gesehen oder gehört haben."

Zurück im Leuchtturm ließ Jonathan die Worte des alten Wirts nicht los. Das Klopfen wurde in den nächsten Nächten lauter und schien direkter auf ihn zuzukommen. Schließlich beschloss er, der Sache endgültig auf den Grund zu gehen. Er griff zu seiner Taschenlampe und stieg erneut in den Keller hinab. Diesmal war das Klopfen unerträglich laut und schien überall um ihn herum zu sein. Plötzlich erlosch seine Taschenlampe, und der Keller wurde in völlige Dunkelheit gehüllt. Panik stieg in ihm auf, doch dann erschien ein schwaches, gespenstisches Licht. Inmitten dieses Lichts erkannte Jonathan die Gestalt eines Mannes, der in der Luft schwebte – es war Samuel Crowe.

Der Geist hatte einen Ausdruck unendlicher Traurigkeit in seinen Augen. „Warum bist du hier?", flüsterte Jonathan mit zitternder Stimme. Der Geist antwortete nicht mit Worten, sondern mit einem leisen Seufzen, das wie der Wind durch den Raum wehte. „Hilfe … Frieden …" Jonathan verstand, dass der Geist nach Erlösung suchte.

Jonathan wusste, dass er etwas tun musste, um Samuel Crowe zu helfen. Er durchforstete alte Bücher und Aufzeichnungen im Leuchtturm, bis er schließlich eine Beschreibung eines alten Rituals fand, das Geistern helfen sollte, Frieden zu finden. Er kontaktierte eine alte Freundin, die sich mit derartigen Ritualen auskannte, und erhielt von ihr detaillierte Anweisungen.

An einem stürmischen Abend bereitete Jonathan das Ritual vor. Er stellte Kerzen auf, zeichnete Kreidekreise auf den Boden und begann, die alten Worte zu rezitieren. Der Keller füllte sich mit einer unheimlichen Energie, als er den Geist von Samuel Crowe anrief.

Der Geist erschien erneut, diesmal deutlicher und mit einem Ausdruck der Hoffnung in seinen Augen. „Samuel Crowe", sagte Jonathan, „ich bin hier, um dir zu helfen. Finde Frieden und verlasse diesen Ort." Mit diesen Worten legte er eine alte Silbermünze, die er im Keller gefunden hatte, in die Mitte des Kreidekreises.

Die Münze begann zu leuchten, und der Geist von Samuel Crowe wurde von einem sanften Licht umhüllt. Mit einem letzten dankbaren Blick verschwand der Geist, und die unheimliche Stille wich einer friedlichen Ruhe. Jonathan spürte, wie die schwere Last von ihm abfiel.

Nach dem Ritual war der Leuchtturm ruhig. Das Klopfen hörte auf, und die unheimliche Präsenz verschwand. Jonathan konnte endlich wieder ruhig schlafen und fand die Inspiration, die er für sein Buch suchte. Die Nächte waren nun friedlich, und er genoss die Zeit allein mit seinen Gedanken und dem stetigen Rhythmus des Meeres.

Eines Abends, als die Sonne unterging und der Himmel in einem warmen Orange erstrahlte, stand Jonathan auf der Plattform des Leuchtturms und blickte auf das weite Meer hinaus. Eine sanfte Brise strich über sein Gesicht, und er wusste, dass Samuel Crowe endlich Frieden gefunden hatte.

Die Monate vergingen, und Jonathans Zeit im Leuchtturm neigte sich dem Ende zu. Als der nächste Leuchtturmwärter ankam, übergab Jonathan die Schlüssel und erzählte ihm von seinen Erlebnissen. Der neue Wärter lächelte nur und sagte: „Ich hoffe, ich habe ebenso friedliche Nächte wie du."

Jonathan verließ den Leuchtturm, doch die Erinnerung an Samuel Crowe und die gespenstischen Nächte würde ihn für immer begleiten. Der Leuchtturm stand weiterhin als stummer Wächter an der Küste, doch nun war er ein Ort des Friedens, wo einst Unruhe herrschte.

Der Vampir von Leiburg

Teodor Petrescu war Priester in der kleinen
Gemeinde Leiburg, welche in Siebenbürgen lag.
Teodor war ein beliebter und angesehener Mann in
Leiburg. Er war bereits seit 1756 Priester in der
Kirche von Leiburg und hatte seit dem bereits
einiges erlebt. Er hat bereits drei erfolgreiche
Exorzismen in Leiburg durchgeführt und somit die
Dämonen von Leiburg fern gehalten. Teodor war ein
sehr weiser Mann, der von seinen Eltern, welche
ebenfalls in Rumänien lebten, bereits im Alter von
fünf Jahren nach Rom gebracht wurde und dort in
einem Kloster ausgebildet wurde. Doch gegen die
Ereignisse, die sich in den Jahren 1780 und 1781
ereigneten, war selbst er wehrlos.

Es fing im Mai 1780 an, als eine Familie, die ein
wenig abseits von Leiburg lebte, plötzlich
verschwand. Die Bewohner von Leiburg suchten die
ganzen Wälder rund um Leiburg ab, doch nach zwei
Wochen, hatten sie immer noch nichts gefunden.
Plötzlich als sie die Suche abbrechen wollten,
fanden sie den Familienvater. Er lag nicht einfach
auf dem Waldboden. Seine Leiche hing weit oben in
den Bäumen. Die Raben nagten an seinem Fleisch
und hatten die Augen bereits aus seinem Körper
gerissen.

Als sie die Leiche vom Baum geschnitten und in die
Stadt gebracht hatten, gingen sie mit ihr zum
Mediziner der Stadt. Victor Trădător war ein älterer

Mann von schmächtiger Erscheinung. Seine Haut war blass und seine Augen standen ein wenig hervor. Er begutachtete den Mann und stellte fest, dass er einige Bisswunden am Hals hatte. Der Polizist der Stadt fragte, von welchem Tier diese Stammen könnten. Der Arzt beteuerte, dass er so etwas noch nie zuvor gesehen habe. Er vermutete jedoch einen Wolf oder Bären. Der Bürgermeister von Leiburg war schockiert und fest entschlossen den Jäger in den Wald zu schicken.

Părintele Teodor Petrescu sagte es nicht, er war aber davon überzeugt, dass dies ein Werk des Teufels sei. Er vermutete eine Dämonenartige Kreatur in den Wäldern von Leiburg, welche vom Teufel höchst selbst beauftragt wurde, die christlichen Bewohner von Leiburg heim zu suchen. Als die Untersuchungen an der Leiche abgeschlossen waren, ging Teodor sofort zum Jäger um ihn zu warnen.

Ionel Pădurar war der älteste Sohn der Jägerfamilie. Sein Vater war inzwischen zu alt, um weiter im Wald zu jagen. Deshalb wurde diese Ehre nun seinem siebenundzwanzig Jahre altem Sohn zuteil. Er hatte das Amt des Jägers erst seit einigen Monaten inne. Teodor besuchte ihn und warnte ihm vor der Teufelskreatur im Wald, doch der mutige abenteuerlustige Junge war überzeugt, dass er jedes Tier erlegen könne. Er hörte Teodor fast gar nicht zu, als plötzlich der Polizist von Leiburg hereintrat. Ionel sagte, dass Teodor ihm bereits alles erzählt habe und er bereits am nächsten Morgen auf die

Jagd gehen würde.

Als Teodor am Abend von der Kirche in sein daneben gelegenes Haus gehen wollte, hörte er plötzlich schreie aus dem Wald. Die Schreie waren erfüllt von Angst und Leid. Sie waren schrill und brachten Teodors Ohren zum Beben. Es waren unerbittliche Schreie des Todes, die er an jenem Abend vernahm. Er zögerte nicht lange und rannte in den Wald von Leiburg. Er ließ sich von den dunklen Schatten des Waldes nicht beeindrucken und folgte dem Weg, den sein Gefühl ihm zeigte.

Plötzlich stand er da, auf einer kleinen Lichtung im Wald. Vor ihm war ein erschreckender Flecken Blut. Als er auf einen der umliegenden Baume sah, erblickte er eine junge Frau, welche an einem Baum saß. Teodor bemerkte, dass sie blutete und bereits Tod war. Teodor hörte ein Rascheln hinter sich im Wald. Er drehte sich schnell um. Da stand es, eine Kreatur mit bleicher Haut, hervorstehender Augen und ohne jegliche Anzeichen eines Kinns. Es blickte ihn mit seinen roten Augen an, bevor es plötzlich den Mund öffnete und einen grauenvollen Schrei ausstieß.

Das Wesen rannte auf Teodor zu. Er lief um sein Leben. Zwischen den gruseligen Bäumen des Waldes jagte es ihn. Als es ihn beinahe erreicht hatte, sah Teodor einen weißen Wolf im Wald stehen. Die Kreatur wurde abgelenkt und Teodor entkam in sein Haus. Er verriegelte alle Türen und Fenster, bevor er in seine Bibliothek ging, um zu recherchieren.

Er durchblätterte alle Bücher über Dämonen, den Teufel und alle Arten von Kreaturen aus der Hölle. Seine Bibliothek umfasste fast sechstausend Bücher, die teilweise zweihundert Jahre alt waren. In einigen Büchern fand er Informationen über ein Wesen, welches sich vom menschlichen Blut ernährte und die Sonne mied. Ein solches wurde wohl schon öfters in Rumänien gesehen. Teodor war schockiert und schrieb einen Brief an den Kaiser Franz Joseph I., in welchem er um Hilfe bat.

An Eure Majestät Franz Joseph I.,

Ich brauche Ihre Hilfe. Ich bin Părintele Teodor Petrescu aus der kleinen Stadt Leiburg. Unsere Stadt ist befallen vom Teufel selbst. In unserer Stadt hat sich vor einigen Tagen eine grausame Geschichte zugetragen. Eine Familie mit drei Kindern ist verschwunden. Wir haben jedoch nur die Leiche des Vaters entdeckt. Sie war völlig entstellt und hatte Bisswunden, die von keinem Tier stammen können. Am heutigen Abend als ich nach Hause gehen wollte, hörte ich Schreie aus dem Wald. Ich lief hinein, um der Person zu helfen, doch ich kam zu Spät. Eine Frau saß tot an einem Baum. Als ich mich umdrehte, sah ich ihn: Der Teufel höchst selbst stand mir gegenüber. Eine schwarze, grausame Gestalt, die mir tief in die Seele starrte und mir den Hals austrocknete. Ich konnte ihr entkommen. Doch wir brauchen Ihre Hilfe. Wir brauchen eine Armee von hundert Mann. Wir brauchen fünf Priester. Wenn Sie uns nicht helfen, wird es bald kein Leiburg mehr geben und dann kein Rumänien und irgendwann keine Menschen mehr.

Părintele Teodor Petrescu

Nachdem Teodor den Brief verfasst hatte, begann die Sonne bereits aufzugehen. Er beschloss Ionel zu warnen und ihn daran zu hindern in den Wald zu gehen. Doch als er bei der Familie Pădurar ankam, war Ionel bereits auf die Jagd gegangen. Teodor wurde hektisch und wollte Ionel retten. Er rannte zu der Stelle, an der er letzte Nacht die Kreatur gesehen hatte. Er erinnerte sich an dass, was er gelesen hatte: Diese Kreaturen meiden die Sonne. Teodor wusste, dass er also eine Höhle suchen musste.

Plötzlich hörte er die Schreie von Ionel aus östlicher Richtung. Er rannte so schnell er könnte, bis er vor einer dunklen grausigen Höhle stand. Er zögerte einen Moment, bis er in die Höhle ging. Teodor rief immer wieder Ionel's Namen, als er plötzlich von der Seite angerempelt wurde. Er war erleichtert, als er bemerkte, dass es Ionel gewesen war. Doch Ionel war nicht mehr er selbst. Er war apathisch und paranoid. Er sagte immer wieder, dass der Teufel sie holen käme. Teodor packte Ionel und rannte mit ihm zum Ausgang der Höhle. Doch sie konnten ihn nicht finden.

Plötzlich sah Teodor die dunkle Gestalt und er versuchte schneller zu laufen, als plötzlich Ionel von hinten weg gerissen wurde. Teodor drehte sich um, doch er sah rein gar nichts – weder Ionel noch die Kreatur. Er war verzweifelt und rannte weiter, als er plötzlich ein Licht sah. Es war das rettende Tageslicht. Er rannte darauf zu und als er gerade die ersten Sonnenstrahlen auf seinem Gesicht spürte, wurde er von hinten in die Höhle gerissen und an die Wand geschleudert. Teodor saß auf dem kalten Boden der Höhle und beobachtete die tanzenden Sonnenstrahlen am Ausgang der Höhle, als die Kreatur ihn auf grausame Art tötete.

Der Mitternachtspassagier

In den Straßen der Stadt, wo die Laternen zu flackern schienen und die Schatten der Nacht ein Eigenleben führten, fuhr Martin sein Taxi. Es war spät, die Uhr auf dem Armaturenbrett zeigte 23:47. Die Fahrten um diese Zeit waren selten, doch manchmal, so wusste er, brachte die Dunkelheit seltsame Passagiere hervor.

Er wollte gerade zur Zentrale zurückkehren, als eine Frau am Straßenrand auftauchte. Sie stand da, völlig still, und hob einen Arm, als sie Martins Taxi sah. Ihr Auftreten war seltsam: Sie trug ein elegantes, altmodisches Kleid, das in der Dämmerung fast schwarz wirkte, und einen breiten Hut, der ihr Gesicht im Schatten verbarg. Trotzdem zögerte Martin nicht, hielt an und ließ das Fenster herunter. „Wohin möchten Sie?", fragte er höflich.

„Zum großen Anwesen auf der Greystone Road", antwortete die Frau mit einer Stimme, die so leise war, dass er sich vorbeugen musste, um sie zu verstehen. Ihr Ton war kühl, fast mechanisch. Sie stieg ein, ohne ein weiteres Wort zu sagen, und ließ sich auf der Rückbank nieder.

Die Fahrt war still. Martin warf gelegentlich einen Blick in den Rückspiegel, doch die Frau saß reglos da, ihre Hände im Schoß gefaltet. Der Geruch von Lavendel, gemischt mit einem Hauch von etwas Verbranntem, erfüllte das Taxi, ohne dass Martin sagen konnte, woher er kam. Der Nebel der Nacht schien dichter zu werden, als er die Greystone Road erreichte, eine abgelegene Strecke, die von hohen, düsteren Bäumen gesäumt war.

„Ist es noch weit?", fragte Martin und brach die Stille.

„Wir sind nah", sagte die Frau. Ihre Stimme klang, als käme sie von weit weg, obwohl sie direkt hinter ihm saß.

Plötzlich tauchte das Herrenhaus aus dem Nebel auf. Es war eine riesige, verfallene Struktur, deren Fenster wie leere Augen in die Dunkelheit starrten. Der Anblick ließ Martin schlucken. Es war kein Ort, den jemand besuchen wollte, schon gar nicht um Mitternacht.

„Sind Sie sicher, dass hier …?" begann er, doch die Frau schnitt ihm das Wort ab.

„Hier ist es. Ich bezahle Sie für Ihre Mühen." Sie reichte ihm einen alten, seltsam abgenutzten Geldschein. Bevor Martin sich bedanken konnte, stieg sie aus.

Er beobachtete, wie sie langsam auf das Herrenhaus zuging. Ihre Schritte waren so leise, dass er sie selbst in der völligen Stille der Nacht nicht hören konnte. Dann verschwand sie hinter der schweren Holztür.

Martin atmete erleichtert auf. Die Begegnung war seltsam gewesen, doch er war froh, dass sie vorbei war. Doch als er in den Rückspiegel blickte, erstarrte er. Die Rückbank war leer. Kein Abdruck, kein Zeichen, dass jemand dort gesessen hatte. Der Geruch von Lavendel war jedoch noch immer da, jetzt stärker als zuvor.

Unruhig entschied er, zurückzufahren. Doch je länger er fuhr, desto seltsamer wurden die Straßen. Sie schienen sich zu wiederholen, als ob er in einer Schleife gefangen wäre. Er drehte den Kopf, um einen Blick auf das Herrenhaus zu werfen – es war direkt hinter ihm, obwohl er sicher war, weitergefahren zu sein.

Ein kalter Schauer überlief ihn, als er bemerkte, dass die Frau wieder dort stand, genau am Straßenrand, wo sie zuvor eingestiegen war. Diesmal war ihr Gesicht sichtbar: blass, mit tief eingesunkenen Augen, die ihn durchdringend ansahen.

Martin trat aufs Gaspedal, wollte nur noch weg. Doch das Taxi bewegte sich nicht. Der Motor heulte auf, die Räder drehten sich, aber das Fahrzeug blieb an Ort und Stelle. Panisch blickte er in den Rückspiegel – und sah sie auf der Rückbank sitzen, ein breites, lebloses Lächeln auf ihrem Gesicht.

„Danke für die Fahrt", flüsterte sie. „Jetzt bist du angekommen."

Der Nebel verschlang die Straßen, das Taxi und Martin selbst. Als der Morgen dämmerte, fand man sein leeres Auto auf der Greystone Road. Die Fahrertür stand offen, doch von Martin fehlte jede Spur. Man sagt, in Nächten mit dichtem Nebel könne man noch immer das Licht seines Taxis sehen, wie es ziellos die Straßen entlangfährt – und auf der Rückbank sitzt immer eine schweigende Frau mit einem breiten Hut.

Der verbotene Pfad

Inmitten der sanften Hügel von Harrowfield lag das kleine, verschlafene Dorf Ravenswood. Die Einwohner lebten ein einfaches Leben, geprägt von Landwirtschaft und traditionellem Handwerk. Doch trotz seiner Idylle gab es einen Ort, der mit einem düsteren Geheimnis behaftet war: der verbotene Pfad.

Der Pfad begann am Rand des Dorfes, wo ein uralter Baum mit knorrigen Ästen und dichtem Laub stand. Ein zerfallenes Schild, auf dem kaum noch lesbar „Betreten verboten" stand, markierte den Eingang. Die Dorfbewohner erzählten sich Geschichten von schrecklichen Ereignissen, die jenen widerfuhren, die den Pfad betreten hatten. Die Erwachsenen warnten ihre Kinder eindringlich davor, auch nur in die Nähe zu gehen, und die wenigen, die es wagten, kehrten nie zurück.

Eines Sommers zog ein neuer Bewohner ins Dorf: ein junger Mann namens Alex. Er war ein Wanderer, der auf der Suche nach Inspiration und Abenteuern durch das Land zog. Die Geschichten über den verbotenen Pfad faszinierten ihn, und er beschloss, das Geheimnis zu ergründen. Die Dorfbewohner warnten ihn eindringlich, doch Alex war fest entschlossen.

„Das ist doch nur Aberglaube", sagte er zu sich selbst, als er an einem sonnigen Morgen vor dem alten Baum stand. Mit festem Schritt trat er auf den

Pfad und begann seine Reise ins Ungewisse.

Der Pfad führte durch einen dichten Wald, dessen Bäume so hoch und dicht waren, dass kaum Sonnenlicht den Boden erreichte. Die Atmosphäre war feucht und kühl, und Alex spürte eine unheimliche Stille, als hätte die Natur selbst den Atem angehalten.

Nach einigen Stunden erreichte Alex eine Lichtung, auf der ein alter, verfallener Schrein stand. Moos und Efeu überwucherten die steinernen Strukturen, und das Flüstern des Windes klang wie leise Stimmen. Neugierig näherte er sich dem Schrein und bemerkte alte Symbole und Runen, die in die Steine gemeißelt waren.

Plötzlich hörte er ein leises Rascheln hinter sich. Er drehte sich um und sah eine Frau in einem alten, zerfetzten Kleid. Ihre Haut war blass, und ihre Augen funkelten in einem seltsamen, grünlichen Licht.

„Du solltest nicht hier sein", sagte sie mit einer Stimme, die wie das Rascheln von Blättern klang. „Dies ist heiliger Boden."

Alex war überrascht, aber nicht eingeschüchtert. „Ich bin nur neugierig. Ich möchte wissen, was es mit diesem Pfad auf sich hat."

Die Frau schüttelte den Kopf. „Dieser Pfad ist ein Tor zwischen den Welten. Er verbindet unsere Welt mit dem Reich der Geister und der dunklen Mächte. Viele haben versucht, die Geheimnisse zu lüften, aber keiner ist je zurückgekehrt."

Trotz der Warnung der Frau entschied sich Alex, weiterzugehen. Je tiefer er in den Wald vordrang, desto unheimlicher wurde die Atmosphäre. Die Bäume schienen sich zu bewegen, und Schatten huschten über den Boden. Schließlich erreichte er eine alte, verwitterte Brücke, die über einen tiefen Abgrund führte.

Als er die Brücke überquerte, hörte er plötzlich laute Schritte hinter sich. Er drehte sich um und sah mehrere Gestalten, die aus dem Wald auf ihn zukamen. Es waren geisterhafte Erscheinungen, deren Gesichter von Schmerz und Leid gezeichnet waren.

„Du musst umkehren", rief eine der Gestalten, „bevor es zu spät ist!"

Doch Alex ignorierte die Warnungen und setzte seinen Weg fort. Am anderen Ende der Brücke sah er eine mächtige Ruine, die wie eine alte Festung aussah. Er betrat die Ruine und fand einen großen, kreisförmigen Raum, in dessen Mitte ein alter Altar stand. Auf dem Altar lag ein Buch, das in einer unbekannten Sprache geschrieben war.

Als er das Buch öffnete, fühlte er eine immense Kraft, die von den Seiten ausging. Er konnte die Worte nicht verstehen, doch sie schienen direkt zu ihm zu sprechen, Bilder von dunklen Ritualen und unheimlichen Wesen in seinen Geist zu pflanzen. Plötzlich begann die Erde zu beben, und ein unheilvolles Brüllen erfüllte die Luft. Der Boden unter dem Altar riss auf, und eine dunkle Gestalt stieg aus dem Spalt empor. Es war ein dämonisches Wesen, dessen Augen in einem feurigen Rot glühten und dessen Körper von schwarzen Flammen umgeben war.

„Wer wagt es, mein Reich zu betreten?" donnerte die Kreatur.

Alex fühlte, wie die Angst in ihm aufstieg, doch er konnte sich nicht bewegen. Die Kreatur kam näher, und ihre Präsenz war überwältigend. „Du hast das Tor geöffnet", sagte sie. „Nun wirst du den Preis zahlen."

Mit einem mächtigen Schlag schleuderte das Wesen Alex gegen die Wand. Schmerz durchfuhr seinen Körper, und er fühlte, wie seine Kräfte schwanden. Doch bevor die Kreatur ihm den endgültigen Schlag versetzen konnte, hörte er das Flüstern der Geister um ihn herum. Sie versammelten sich um die Kreatur und begannen, in einer alten, mächtigen Sprache zu singen.

Die Kreatur schrie vor Wut und Schmerz, als die Geister sie umkreisten und ihre dunklen Kräfte eindämmten. Schließlich wurde das Wesen in den Spalt zurückgezogen, und der Boden schloss sich wieder. Die Geister wendeten sich zu Alex und hoben ihn sanft auf.

„Du hast großes Unheil angerichtet", sagte einer der Geister, „aber wir können dir helfen, den Schaden zu reparieren. Du musst das Buch zurückbringen und den Pfad für immer versiegeln."

Mit den letzten Kräften, die ihm blieben, nahm Alex

das Buch und machte sich auf den Rückweg. Die Geister begleiteten ihn, schützten ihn vor den dunklen Kräften, die noch immer in den Schatten lauerten. Als er die Brücke erneut überquerte, sah er die Frau in dem zerfetzten Kleid wieder. Sie nickte ihm zu und führte ihn sicher durch den Wald zurück zum Dorf.

Die Dorfbewohner hatten sich vor dem alten Baum versammelt, als Alex zurückkehrte. Sie sahen erschrocken und erleichtert aus, als sie ihn sahen. Anna, die weise Frau des Dorfes, trat vor und nahm das Buch entgegen. „Wir müssen den Pfad endgültig versiegeln", sagte sie.

Gemeinsam führten sie ein altes Ritual durch, bei dem sie das Buch verbrannten und den Eingang zum Pfad mit heiligen Symbolen versiegelten. Die Dorfbewohner murmelten Gebete und schworen, dass niemand den Pfad je wieder betreten würde.

Alex blieb noch einige Zeit im Dorf, um sich von seinen Erlebnissen zu erholen. Die Dorfbewohner halfen ihm, die Geschehnisse zu verarbeiten, und er lernte, die Warnungen und Weisheiten der alten Geschichten zu respektieren.

Eines Morgens, als die Sonne über den Hügeln aufging, beschloss Alex, seine Reise fortzusetzen. Er verabschiedete sich von den Dorfbewohnern und versprach, die Lehren, die er in Ravenswood gelernt hatte, nicht zu vergessen.

Mit einem letzten Blick auf den alten Baum am Rand des Dorfes machte er sich auf den Weg. Der verbotene Pfad war nun verschlossen, und das Dorf konnte endlich in Frieden leben. Doch die Erinnerung an die dunklen Mächte und die Geister, die den Pfad bewachten, würde Alex für immer begleiten.

Jahre später kehrte Alex, indessen ein erfahrener Abenteurer und Geschichtenerzähler, nach Ravenswood zurück. Er hatte in vielen Teilen der Welt gelebt und zahlreiche Legenden und Mythen gesammelt. Doch die Ereignisse im verbotenen Pfad blieben ihm immer präsent.

Er schrieb ein Buch über seine Erlebnisse, in dem er die Geschichten des Dorfes und die Warnungen der Dorfbewohner festhielt. Sein Ziel war es, andere vor den Gefahren zu warnen, die in den Schatten lauerten, und das Wissen um die dunklen Mächte weiterzugeben.

Das Buch wurde zu einem Vermächtnis für zukünftige Generationen, eine Mahnung und ein Leitfaden für den Umgang mit den Geheimnissen und Mächten, die in der Welt verborgen waren. Alex wusste, dass er nur ein kleiner Teil einer viel größeren Geschichte war, doch er hoffte, dass seine Erfahrungen dazu beitragen würden, die Dunkelheit fernzuhalten und das Licht der Weisheit und des Respekts zu bewahren.

Die Dorfbewohner von Ravenswood lebten weiterhin in ihrem friedlichen Dorf, stets wachsam und dankbar für den Mut und die Weisheit, die Alex ihnen gebracht hatte. Der verbotene Pfad blieb ein gut gehütetes Geheimnis, ein stiller Wächter der alten Geschichten und ein Symbol für die Kräfte.

Das Herz der Uhr

In einer kleinen Stadt, verborgen in einem Tal, das von Nebelschwaden und düsteren Wäldern umgeben war, lebte der Uhrmacher Ambrosius Varlan. Er war ein Mann von scharfer Intelligenz und feiner Handfertigkeit, doch seine Seele war von einer rastlosen Sehnsucht getrieben: die Zeit zu bezwingen. Ambrosius war besessen davon, eine Uhr zu erschaffen, die nicht nur Stunden und Minuten messen, sondern auch das Leben verlängern könnte – eine Uhr, die Ewigkeit schenken würde. Sein Geschäft, eine dunkle Werkstatt mit Regalen voller zerbrochener Zahnräder und halb vollendeter Mechanismen, war zugleich seine Zuflucht und sein Gefängnis. Die Einwohner der Stadt mieden ihn, nicht aus Feindseligkeit, sondern aus Ehrfurcht vor seiner Unnahbarkeit. Nur die Ticktack-Geräusche, die durch die Fenster seiner Werkstatt drangen, erinnerten daran, dass Ambrosius unter den Lebenden weilte.

Eines regnerischen Abends kam ein Fremder in die Werkstatt. Er war hager, mit bleichem Gesicht und einem Blick, der durch Ambrosius hindurchzusehen schien. Der Mann stellte sich als Elias vor und legte ein seltsames Objekt auf den Arbeitstisch: eine alte Taschenuhr mit schwarzem Gehäuse und einem durchscheinenden Zifferblatt, unter dem ein rubinrotes Herz zu pulsieren schien.

„Diese Uhr ist kein gewöhnlicher Mechanismus",

sagte Elias mit einer Stimme, die so kalt war wie der Wind draußen. „Sie kann das Leben verlängern – wenn sie vollendet wird. Aber sie verlangt einen Preis."

Ambrosius war fasziniert. Die feinen Zahnräder der Uhr schienen wie lebendig, und das pulsierende Herz – war es wirklich ein Mechanismus? Oder etwas Lebendiges? Trotz seiner Zweifel übermannte ihn die Neugier. Er kaufte die Uhr, zu einem Preis, den Elias nicht in Gold, sondern in einem stillen Nicken einforderte.

Wochen vergingen, und Ambrosius widmete sich ausschließlich der Uhr. Seine Werkstatt wurde zu einem Altar, und die Uhr zu seinem heiligen Gral. Doch je näher er der Vollendung kam, desto seltsamere Dinge geschahen.

Das Ticken der Uhr schien sich seinem eigenen Herzschlag anzupassen. Zuerst hielt er es für Einbildung, doch bald bemerkte er, dass sein Herz stolperte, wenn die Uhr stehen blieb. Nächte wurden zu Tagen, und Tage verschwammen in der Dämmerung. Sein Körper begann zu leiden: Seine Haut wurde blass, seine Augen blutunterlaufen, und sein Atem fiel schwer. Aber Ambrosius konnte nicht aufhören.

Eines Nachts träumte er von Elias. Der Fremde stand vor ihm, doch sein Gesicht war jetzt hohl und schwarz, wie eine leere Maske. „Die Uhr ist hungrig", flüsterte er. „Und du fütterst sie."

Als Ambrosius erwachte, fand er seine Hände

blutverschmiert, obwohl keine Wunde an seinem Körper zu sehen war. Doch das Herz der Uhr tickte lauter, kräftiger. Es leuchtete nun heller als zuvor, ein pulsierendes, unheilvolles Rot.

Mit jeder neuen Justierung schien die Uhr lebendiger zu werden – doch Ambrosius fühlte sich schwächer. Seine Hände zitterten, seine Gedanken wurden wirr. Er begann Stimmen zu hören, ein Flüstern aus den Zahnrädern, das seinen Namen rief.

Eines Abends, als er die Uhr fast vollendet hatte, geschah etwas Unheimliches. Die Uhr blieb plötzlich stehen, und mit ihr auch sein eigener Herzschlag. Panik ergriff ihn, und er eilte, die Zahnräder wieder in Bewegung zu setzen. Als das Herz der Uhr wieder zu pulsieren begann, schlug auch sein eigenes Herz erneut. Doch er fühlte, dass ein Teil von ihm für immer verloren war.

Ambrosius erkannte, dass die Uhr mehr war als ein Mechanismus. Sie war ein Parasit, der sich von seiner Lebenskraft ernährte. Doch anstatt das Werk zu zerstören, trieb ihn seine Besessenheit weiter. Er glaubte, dass er die Uhr kontrollieren könnte, wenn er sie nur vollendete.

Als er den letzten Zahnräder einfügte, erstrahlte die Uhr in einem unheimlichen Glanz. Das Herz pulsierte jetzt mit einer Kraft, die den Raum mit einem unheilvollen roten Licht erfüllte. Ambrosius fühlte, wie sein eigener Puls mit dem der Uhr verschmolz.

In jener Nacht begann die Uhr zu sprechen. Es war

kein menschliches Flüstern, sondern ein rhythmisches, metallisches Ticken, das eine Botschaft formte:

„Du bist mein. Für immer."

Ambrosius' Körper begann zu zittern, seine Hände krampften, und er spürte, wie etwas aus seinem Inneren gerissen wurde. Sein Herzschlag wurde schwächer, während das Ticken der Uhr immer lauter wurde. Schließlich fiel er zu Boden, doch die Uhr tickte weiter, hell und lebendig.

Die Einwohner der Stadt fanden ihn am nächsten Morgen. Seine Werkstatt war leer, bis auf die Uhr, die auf dem Tisch lag, ihr rubinrotes Herz pulsierend wie eh und je. Niemand wagte es, sie zu berühren. Man sagt, dass die Uhr bis heute tickt, und jeder, der versucht, sie zu besitzen, verschwindet. Doch manchmal hört man in stillen Nächten das Flüstern eines verzweifelten Mannes, das aus dem Inneren des Mechanismus zu kommen scheint.

Die Uhr lebt, und mit ihr das Herz von Ambrosius Varlan – für alle Ewigkeit.

Das Flüstern der Finsternis

Die Nacht war stumm und lastend, wie ein Grab, als ich in mein düsteres Heim zurückkehrte, ein altes, verfallenes Herrenhaus, das wie ein geisterhaftes Mahnmal auf den Klippen über der tobenden See thronte. Der Wind heulte durch die zerbrochenen Fensterläden, und die Bretter unter meinen Füßen ächzten unter der Last meiner Schritte. In meiner rechten Hand hielt ich eine Laterne, deren zitterndes Licht kaum die Schatten zu vertreiben vermochte, die sich wie lebendige Wesen an den Wänden bewegten.

Ich war allein. Allein mit meiner Qual, allein mit meinen Gedanken, die wie Geier an meinem Verstand nagten. Vor einer Woche war meine geliebte Clara gestorben, und mit ihr war auch mein Herz gestorben. Sie war meine Muse, meine Inspiration, und ohne sie schien die Welt nichts als eine fade, graue Kulisse zu sein, die mich mit ihrer Leere verhöhnte.

An jenem Abend, als die Dunkelheit schwer auf meinen Schultern lag, beschloss ich, ihrer in einer Weise zu gedenken, die meinen Schmerz linderte. Ich wollte ein Porträt von ihr malen, das ihre unvergängliche Schönheit für alle Ewigkeit bewahrte. Ich hatte den Pinsel seit ihrem Tod nicht mehr angerührt, doch jetzt war der Drang, sie wiederzusehen – sei es auch nur auf Leinwand – zu stark, um ihn länger zu ignorieren.

Ich entzündete die Kerzen in meinem Atelier, deren Flammen zitternd die Schatten an den Wänden tanzen ließen. Der Raum war voll gestellt mit meinen früheren Werken: Landschaften, Porträts, Stillleben, allesamt bedeutungslos. Vor mir lag eine leere Leinwand, auf der ich ihr Bild entstehen lassen wollte. Neben mir stand ihr Schmuckkästchen, das ich geöffnet hatte, um ihre Essenz einzufangen: ein Amulett, das sie stets getragen hatte, lag darin, ebenso wie eine Strähne ihres goldenen Haares. Doch als ich den Pinsel zum ersten Mal in die Hand nahm, überkam mich eine seltsame Unruhe. Es war, als ob eine unsichtbare Präsenz im Raum war, eine kalte, drückende Kraft, die mich beobachtete. Ich versuchte, sie zu ignorieren, und begann mit der Arbeit. Doch mit jedem Strich, den ich auf die Leinwand setzte, schien sich die Luft im Raum zu verdichten. Das Licht der Kerzen flackerte, und ein leises Flüstern war zu hören – kaum mehr als ein Hauch, aber dennoch unverkennbar.

„Lass es sein", hauchte die Stimme, die wie ein Echo aus einer anderen Welt klang.

Ich erstarrte. Das Flüstern war so nah, als ob es direkt hinter mir war. Doch als ich mich umdrehte, war da nichts als Schatten. Der Wind draußen heulte wie ein verwundetes Tier, und ich sagte mir, dass es nur meine Vorstellungskraft war, die mit mir spielte. Doch das Flüstern hörte nicht auf. Es wurde lauter, dringlicher, und schließlich konnte ich die Worte klar verstehen: „Du wagst es, mich zurückzuholen?"

Ich schrie auf und warf den Pinsel beiseite. Die Stimme klang wie Claras, aber verzerrt, fremdartig, voller Zorn und Schmerz. Und dann, vor meinen Augen, begann das Bild, das ich gemalt hatte, sich zu verändern. Die sanften Züge, die ich ihr gegeben hatte, verzerrten sich zu einem grotesken Grinsen. Ihre Augen, die ich mit so viel Liebe gemalt hatte, öffneten sich, und ich sah etwas darin – etwas Unnatürliches, das mich mit einer Kälte durchbohrte, die mein Herz zum Stillstand brachte. „Du kannst mich nicht besitzen!", schrie die Stimme, die jetzt wie ein donnerndes Echo den Raum erfüllte. „Du hast mich verloren, und nun wirst du mich für immer verlieren!"
Die Kerzen erloschen, und ich wurde in völlige Dunkelheit gehüllt. Das Flüstern wurde zu einem wütenden Schreien, und ich spürte, wie unsichtbare Hände nach mir griffen, mich packten und in die Schatten zogen. Ich kämpfte, schrie, flehte, doch es gab kein Entkommen.
Als der Morgen graute, fand man mich im Atelier, zusammengesunken vor der Leinwand. Das Porträt war verschwunden, und an seiner Stelle war nur noch eine schwarze, unheilvolle Leere, die jeden, der sie ansah, mit einer unerklärlichen Angst erfüllte. Niemand wusste, was mit mir geschehen war, doch die Dorfbewohner mieden das Haus seit jenem Tag. Und wenn der Wind durch die Klippen heult, sagen die Leute, dass man in der Dunkelheit ein leises

Flüstern hören kann, das die Worte formt: „Du kannst mich nicht besitzen."

Ein Mord in Città del Vicolo Nero

Città del Vicolo Nero, ein kleines Dorf an der
italienischen Adria in der Nähe von Venedig, war
bekannt für die besten Fischgerichte in ganz Italien.
Das Fischerdorf war ein sehr freundlicher Ort und
zog Fischliebhaber aus der ganzen Welt an. Die
Fischrestaurants in der Via dell'onestà waren den
ganzen Sommer lang gut besucht und die Häuser
direkt am Strand waren eine Unterkunft, die viel zu
bieten hatte.

Doch sobald der Sommer in den Herbst überging,
wurden die Straßen leer. Die einst so belebte Stadt
schien beinahe stillzustehen. Die Nächte waren nun
geprägt von streunenden Hunden, die auf der Jagd
nach den Katzen in der Stadt waren. Einer der
großen Vorteile in Città del Vicolo Nero zu dieser
Jahreszeit war, dass die sommerliche Hitze langsam
verflog.

Ich war im Winter des Jahres 1886 in Città del
Vicolo Nero. Ich konnte mir die wunderschönen
Häuser am Strand nicht leisten. Ich war Autor und
meine Bücher verkauften sich bis dato nicht
sonderlich gut. Ich hatte mir ein Zimmer im Grande
Cattura Hotel genommen. Es war das günstigste der
Stadt, aber es war dennoch ganz ansehnlich.

Die Ausstattung war zwar relativ alt und ähnelte
eher der Zeit des Barock. Es passte aber dennoch
irgendwie zu dem Stil des Gebäudes. Es war alles
irgendwie Stimmig, auch wenn es ziemlich

abgenutzt war. Die mit Gold verzierten Türgriffe waren inzwischen rau und zerkratzt. Das Holz der Möbel war ebenfalls zerkratzt und abgenutzt. Aber alles in allem war es dennoch akzeptabel und eine Unterkunft in der man leben konnte. Die Tapete des Zimmers war mintgrün und gestreift der Fußboden bestand aus altem quietschenden Eichenholz. Das Bett war groß und bequem, wenn auch schon ziemlich durchgelegen.

An jenem Abend war ich im Ristorante Pesce d'Oro zu Abend essen. Es war ein sehr ruhiger Abend. Das Restaurant lag direkt am Meer und der Fisch dort schmeckte fabelhaft. Er war schön salzig und schmeckte unfassbar kraftvoll. Zusammen mit den gebratenen Kartoffeln und Zwiebeln wurde es noch herzhafter und die sahnige Kräutersoße, die es dazu gab, war cremig und rundete das Gericht perfekt ab. Nachdem ich die Speise unter dem freien Himmel und mit dem Rauschen des Meeres im Hintergrund gegessen hatte. Zündete ich mir eine spanische Zigarette an – da mir das Geld für Zigarren fehlte – und rauchte sie genüsslich, während ich die Wellen des Meeres beobachtete.

Als es bereits dunkel war, machte ich mich auf den Weg ins Hotel. Die Straßen von Città del Vicolo Nero schienen in der Dunkelheit noch viel gruseliger als am Tage. Die wenigen Laternen in den Straßen erleuchteten sie nicht halb so sehr, wie es der Mond tat. Die Straßen schienen im Mondschein irgendwie Mystisch und geheimnisvoll. Es war eine

sternenklare Nacht und man konnte nahezu alle
Sterne gut erkennen. Trotz der durchaus gruseligen
Stimmung fühlte ich auch ein Gefühl von
Geborgenheit. Ich schlenderte also durch die Straßen
des kleinen Dorfes bis ich beim Grande Cattura
Hotel angekommen war.

Ich ging also auf mein Hotelzimmer und begann ein
Gedicht über die Schönheit der dunklen Gassen von
Città del Vicolo Nero zu schreiben, als plötzlich ein
Schrei im Zimmer nebenan ertönte. Der Schrei kam
von einer Frau. Er war gefüllt mit Schmerz und der
tiefsten Angst des Menschseins. Ich spürte sofort
wie mir ein kalter Schauer über den Rücken lief und
ich ließ meine Zigarette fallen. Ich hob sie schnell
auf und eilte zum Fenster. Ich sah nach rechts zum
Fenster des Zimmers nebenan. Es stand weit offen
und man konnte förmlich spüren wie ein Gefühl von
Grausamkeit aus dem Fenster strömte. Als ich nach
unten sah, konnte ich einen Mann erkennen. Er war
schwarz gekleidet und nach einigen Sekunden
verschwand sein schwarzes Kostüm in einer Gasse.
Ich ging vor die Tür auf den Flur und schlich zu der
Tür, die zu dem Zimmer nebenan führte. Sie stand
einen Spalt weit offen und es strömte ein grausamer
Geruch aus dem Zimmer. Ich öffnete die Tür weiter.
Sie quietschte und knarrte. Plötzlich sah ich einen
roten Fleck auf dem Eichenholzboden. Daneben lag
sie, eine junge Frau Anfang zwanzig. Sie hatte
goldblondes Haar und grüne Augen. Als meine
Blicke vom Kopf abwärts schlichen, sah ich wie ihre

Kehle von einem Messer durchtrennt war. Das Blut lief unaufhörlich aus ihrem Hals. Meine Blicke fuhren weiter Hals abwärts, über das blutverschmierte Kleid, welches weitere Stichwunden verdeckte. Ich bemerkte, dass sie ein Hochzeitskleid trug. Sie hatte jedoch keine Schuhe an.

Plötzlich spürte ich einen Revolver an meinem Hinterkopf. Ich hob meine Hände und drehte mich langsam um. Hinter mir stand ein Polizist aus Città del Vicolo Nero. Er war ein alter Mann in den späten fünfzigern. Er hatte langes lockig graues Haar und einen Schnurrbart. Der Polizist wurde begleitet von einem Kollegen, dieser war Mitte dreißig und hatte kurzes braunes Haar und grüne Augen. Der ältere Polizist sprach leider nur italienisch, deshalb fragte mich der Jüngere, was passiert sei und ich erklärte was geschehen war. Er glaubte mir und fragten mich, wohin der Täter gerannt sei. Ich ging zum Fenster und zeigte mit dem Finger auf die Gasse, in die der Täter gerannt war. Der ältere Polizist sagte voller Angst und geistig abwesend: „Vicolo Nero". Ich fragte, was er gesagt habe, als mir der jüngere Polizist erklärt, dass dies der Name der Gasse war. Er erklärte weiter, dass es sich seit hunderten Jahren kaum Mensch mehr getraut hatte die Vicolo Nero zu betreten und diejenigen die es sich trauten, kehrten nie wieder zurück. Ich wollte mehr über diese Gasse wissen. Doch die Polizisten sagten mir, sie hätten keine Zeit. Ich fragte den Jüngeren, was nun mit dem Fall und der Leiche passieren würde. Er erklärte mir, dass schon bald ein paar Männer kämen, um die Leiche abzuholen. Damit sei der Fall beendet, sagte er. Ich fragte, ob sie den Täter nicht suchen und einsperren wollen. Das pure Böse könne man nicht finden und einsperren, wurde mir gesagt. Ehe ich weitere Fragen stellen konnte waren die Polizisten bereits verschwunden und ich stand völlig allein auf dem Flur des Grande Cattura Hotels.

Ich bekam die ganze Nacht kein Auge zu. Ständig wälzte ich mich und fragte mich, was nur wäre, wenn der Täter zurück und diesmal in mein Zimmer käme. Hat er nur aus reiner Lust gehandelt? Hat er aus Rachsucht gehandelt? Weshalb hat er das arme Weib nur umgebracht? Würde er jeden Menschen umbringen. Es waren so viele Fragen, die in jener Nacht durch meinen Kopf schwirrten.

Am nächsten Morgen ging ich gleich in der Früh zur Polizei und wollte nach dem jungen Polizisten fragen. Doch alle sprachen nur Italienisch. Plötzlich sah ich ihn im hinteren Teil des alten Gebäudes. Ich zeigte auf ihn und schrie: „Sir, ich muss mit ihnen Sprechen!". Er bemerkte mich sofort und kam auf mich zu. Ich wollte mit ihm über die Vicolo Nero sprechen, doch bevor ich den Namen überhaupt aussprechen konnte, sagte er mir ich solle leise sein. Man würde im ganzen Dorf nicht über diese Gasse sprechen. Ich wollte jedoch alles darüber wissen. Er schlug mir vor mich, um zwölf Uhr am Grande Cattura Hotel abzuholen. Ich stimmte zu und ging in mein Hotel.

Dort saß ich unruhig am Fenster und dachte viel über die vergangene Nacht nach. Während ich auf den Polizisten wartete, ging mir der gesamte Ablauf vergangener Nacht durch den Kopf. Plötzlich wurde mein Rausch des Denkens von einem Ruf unterbrochen „Hey, Sie da oben wir können jetzt losgehen", rief der Polizist. Ich warf mir einen Mantel über die Schulter, verließ das Hotelzimmer und rannte die Treppen hinunter zum Ausgang.

Wir liefen durch die engen, gepflasterten Straßen von Città del Vicolo Nero. Der Polizist, der sich als Alessandro vorstellte, hielt ein forsches Tempo, während er kaum ein Wort sprach. Die Sonne stand hoch am Himmel, doch die Gassen wirkten seltsam dunkel, als ob der Ort selbst das Licht verschluckte. Ich folgte ihm schweigend, die Angst und die Neugier in mir kämpften um die Oberhand.

Schließlich blieben wir vor einer schmalen, fast unsichtbaren Öffnung zwischen zwei alten Gebäuden stehen. Der Eingang war von Efeu überwuchert, und ein hölzernes Schild, das über dem Durchgang hing, trug verblasste Buchstaben: Vicolo Nero.

„Das ist sie", sagte Alessandro leise. Seine Stimme war fest, aber ich konnte den Hauch von Furcht darin hören. „Niemand, der diesen Weg betritt, kehrt jemals zurück. Es heißt, die Gasse lebt. Sie frisst die Seelen derer, die es wagen, sie zu betreten."

„Was ist dort?", fragte ich, meine Stimme kaum

mehr als ein Flüstern.

„Etwas, das älter ist als dieses Dorf. Etwas, das wir nicht begreifen können", antwortete er. „Man sagt, es ist ein Ort zwischen den Welten, ein Schlupfloch für das Böse. Aber das sind nur Geschichten. Wer die Wahrheit wissen will, muss selbst hineingehen."

Ein kalter Windstoß wehte aus der Gasse, obwohl es ein windstiller Tag war. Ich spürte, wie mir die Nackenhaare zu Berge standen, doch ich war entschlossen. Irgendetwas zog mich magisch an. Vielleicht war es der Drang, die Wahrheit zu erfahren, vielleicht war es pure Dummheit.

„Ich muss es wissen", sagte ich und trat einen Schritt nach vorne.

„Das ist Wahnsinn", warnte Alessandro. „Niemand wird kommen, um Sie zu retten."

„Ich bin Autor. Geschichten wie diese ... sie müssen erzählt werden."

Alessandro schüttelte den Kopf und wich zurück. „Mögen die Götter Ihnen gnädig sein."

Ich trat in die Gasse. Sofort umhüllte mich ein beklemmender Schatten. Es war, als hätte die Welt hinter mir aufgehört zu existieren. Die Luft war schwer, und ein fauliger Geruch stieg mir in die Nase. Der Weg war enger, als ich erwartet hatte, und die Mauern schienen sich zu bewegen, als würde der Gang selbst atmen.

Nach ein paar Schritten hörte ich es: Flüstern, leise und unverständlich, als ob viele Stimmen gleichzeitig sprachen. Sie kamen von überall und nirgendwo. Ich ging weiter, meine Schritte hallten auf dem Pflaster, doch jeder Schritt schien mich tiefer in eine andere Welt zu ziehen.

Die Flüstern wurden lauter. Ich begann, Wörter zu erkennen: Verlassen … bleiben … kehren … Schuld … Plötzlich tauchte vor mir eine Gestalt auf. Es war die Frau im Hochzeitskleid. Ihre Kehle war aufgeschlitzt, doch sie stand da, regungslos, mit einem Lächeln auf den blutverschmierten Lippen. Ich wollte schreien, doch kein Laut kam aus meiner Kehle. Sie hob eine Hand und deutete weiter in die Dunkelheit. „Willkommen", flüsterte sie, und ihre Stimme hallte wie ein Echo in meinem Kopf.

Ich hatte keine Kontrolle mehr über meine Schritte, als ich weiterging. Die Wände der Gasse begannen zu flimmern, und ich sah Bilder: Schatten, die sich bewegten, verzerrte Gesichter, die mich aus den Mauern anstarrten. Sie waren überall. Ihre Augen folgten mir, ihre Münder formten stumme Schreie. Schließlich öffnete sich die Gasse zu einem dunklen Platz. In der Mitte stand ein Brunnen, aus dem ein seltsam schwarzes Wasser sprudelte. Um den Brunnen standen weitere Gestalten – Männer, Frauen, Kinder -, alle blass, alle mit schrecklichen Wunden. Ihre leblosen Augen waren auf mich gerichtet.

„Du bist jetzt einer von uns", sagte eine Stimme hinter mir.

Ich drehte mich um und sah Alessandro. Doch es

war nicht mehr er. Seine Augen waren schwarz, sein Gesicht verzerrt, und aus seinem Mund tropfte Blut.

„Die Gasse hat dich gewählt."

Ich wollte fliehen, doch meine Beine gehorchten mir nicht mehr. Die Gestalten kamen näher, ihre kalten Hände griffen nach mir, zogen mich zum Brunnen. Ich schrie, doch der Schrei ging in der Finsternis unter. Als ich in das schwarze Wasser gezogen wurde, spürte ich, wie mein Atem erlosch und mein Körper sich auflöste. Seitdem bin ich hier, gefangen in der Ewigkeit der Vicolo Nero. Ich bin einer der Schatten, einer der Stimmen. Und ich warte. Warte auf den nächsten, der mutig – oder töricht – genug ist, die Gasse zu betreten.

Die vergessene Bibliothek

John Anderson war seit über zwanzig Jahren Bibliothekar in der kleinen Stadt Redwood. Er liebte seinen Job, die Stille und den Duft alter Bücher. Die Stadtbibliothek war ein unscheinbarer Ort, ein Backsteingebäude aus dem 19. Jahrhundert, dessen Regale vollgestopft waren mit verstaubten Bänden und vergilbten Manuskripten.

Eines Tages, während er ein altes Archiv durchstöberte, stieß John auf eine lose Holzplatte im Boden des Kellers. Neugierig und ein wenig aufgeregt, hob er die Platte an und entdeckte eine steinerne Treppe, die in die Dunkelheit führte. Er griff nach einer Taschenlampe und entschied sich, hinunterzugehen.

Die Treppe endete in einer massiven Holztür, die mit einer dicken Staubschicht bedeckt war. John öffnete sie mit einigem Kraftaufwand und fand sich in einem großen, unterirdischen Raum wieder. Die Luft war schwer und modrig, und die Wände waren mit Regalen voller Bücher gesäumt.

„Eine geheime Bibliothek," murmelte John fasziniert. Er leuchtete mit der Taschenlampe umher und entdeckte alte, ledergebundene Bücher, von denen einige in Sprachen geschrieben waren, die er nicht erkennen konnte. In der Mitte des Raumes stand ein massiver Tisch, auf dem ein besonders großes Buch lag, das mit Ketten verschlossen war.

Johns Neugier war geweckt. Er setzte sich an den Tisch und betrachtete das Buch genauer. Der Einband war aus einem seltsamen, fast lebendig wirkenden Material gefertigt, und die Ketten, die es umschlossen, waren mit seltsamen Symbolen verziert. Nach einigen Minuten des Studiums entdeckte er einen kleinen Schlüssel, der unter dem Tisch befestigt war.

Mit zitternden Händen schloss John die Ketten auf und öffnete das Buch. Es war in einer fremden, aber faszinierenden Schrift verfasst, und die Seiten schienen von selbst zu blättern. Jede Seite war mit komplexen Diagrammen und unheimlichen Bildern gefüllt. Johns Blick fiel auf eine besonders verstörende Illustration: ein dämonisches Wesen, das aus einem Portal zu steigen schien.

Plötzlich wurde der Raum kälter, und ein unheimliches Flüstern erfüllte die Luft. John spürte eine seltsame Präsenz und schloss das Buch hastig. Das Flüstern verstummte, aber die beunruhigende Atmosphäre blieb. Er entschied sich, das Buch zurückzulassen und den Raum zu verlassen. Doch als er die Treppe hinaufstieg, wusste er, dass er nicht einfach zur Normalität zurückkehren konnte.

In den folgenden Tagen konnte John kaum an etwas anderes denken als an das Buch und die verborgene Bibliothek. Er verbrachte Stunden damit, alte Aufzeichnungen und Dokumente zu durchsuchen, um mehr über den Ursprung des Raums zu erfahren. Er fand heraus, dass die Bibliothek vor

Jahrhunderten von einem okkulten Zirkel genutzt wurde, der sich mit dunkler Magie beschäftigte.

Je mehr John las, desto stärker wurde seine Besessenheit. Er begann, seltsame Träume zu haben, in denen er in endlosen Gängen wanderte, die von geisterhaften Gestalten bevölkert waren. Das Flüstern aus der Bibliothek verfolgte ihn auch im Wachzustand, und er hörte es in den ruhigsten Momenten, selbst wenn er mit anderen Menschen sprach.

Eines Abends, als er alleine in seinem Büro saß, entschied John, dass er das Buch zurückholen musste. Er konnte den Drang nicht länger unterdrücken. Mit einer Taschenlampe und entschlossener Miene stieg er erneut in den Keller hinab und öffnete die Tür zur verborgenen Bibliothek.

John wusste, dass das Buch eine Macht besaß, die über seine Vorstellungskraft hinausging. Er hatte in den alten Dokumenten Hinweise auf ein Ritual gefunden, das angeblich die Geheimnisse des Buches enthüllen und immense Macht verleihen konnte. Trotz seiner Ängste begann er, die notwendigen Vorbereitungen zu treffen.

Er zog einen großen Kreis aus Kreide auf den Boden, legte Kerzen an die Ecken und stellte das Buch in die Mitte. Dann rezitierte er die Worte, die er in einem der alten Manuskripte gefunden hatte. Die Luft im Raum wurde schwer und dicht, und das

Flüstern kehrte zurück, diesmal lauter und deutlicher.

Als John die letzten Worte sprach, begann das Buch zu leuchten. Ein grelles Licht erfüllte den Raum, und eine dunkle Gestalt formte sich aus den Schatten. Es war das Wesen aus der Illustration, das nun vor ihm stand. „Du hast mich gerufen," sagte es mit einer Stimme, die wie knirschendes Eis klang. „Nun wirst du meinen Preis zahlen."

John fühlte, wie seine Seele von einem eisigen Griff umklammert wurde. Er wollte schreien, konnte aber keinen Laut von sich geben. Das Wesen lachte hämisch und streckte seine Hand nach ihm aus.

In diesem Moment brach die Tür der Bibliothek auf, und eine Gruppe von Dorfbewohnern stürmte herein, angeführt von einer alten Frau namens Martha, die als die weise Frau des Dorfes galt. „Halt!" rief sie und warf ein Bündel getrockneter Kräuter in den Kreis. Ein Funkenregen erhellte den Raum, und das Wesen zog sich zurück, knurrend und zischend.

„Du Narr," sagte Martha zu John, „du hast keine Ahnung, mit welchen Mächten du gespielt hast." Sie begann, in einer alten, unbekannten Sprache zu singen, und das Wesen schrie vor Schmerz. Langsam begann es zu verblassen, bis es schließlich ganz verschwand. Das Buch lag still und dunkel in der Mitte des Kreises.

John sank erschöpft zu Boden, sein Körper zitterte vor Angst und Erleichterung. „Was ist das für ein Buch?" fragte er mit schwacher Stimme. Martha sah ihn streng an. „Es ist ein Relikt der Dunkelheit, ein Buch, das niemals hätte gefunden werden dürfen. Wir müssen es zerstören."

Gemeinsam brachten sie das Buch nach draußen, wo Martha es mit einem speziellen Ritual verbrannte. Die Flammen schienen unnatürlich hell und heiß, und als das Buch zu Asche zerfiel, spürte John, wie der Fluch, der auf ihm lastete, endlich nachließ.

Nach diesem schrecklichen Vorfall kehrte langsam wieder Normalität in Johns Leben ein. Die Bibliothek wurde verschlossen und die Treppe versiegelt. Niemand im Dorf sprach mehr von der verborgenen Bibliothek oder dem Buch der Albträume. Doch die Erinnerungen daran verblassten nie ganz.

John fand neuen Respekt und eine gewisse Ehrfurcht vor den alten Geschichten und Mythen, die er früher nur als Fantasie abgetan hatte. Die Ereignisse hatten ihm gezeigt, dass es Dinge in dieser Welt gab, die jenseits menschlichen Verständnisses lagen.

Er arbeitete weiterhin als Bibliothekar, aber er war vorsichtiger geworden, wenn es um alte, mysteriöse Bücher ging. Der Vorfall hatte ihn gelehrt, dass Wissen eine mächtige Waffe sein konnte – und dass manche Geheimnisse besser unentdeckt blieben.

Die Bibliothek von Redwood erlangte nie wieder ihren alten Glanz, doch sie blieb ein stiller Wächter der Geschichten, in deren Schatten John nun lebte. Die Erinnerung an das Unheimliche, das er erlebt hatte, war ein ständiger Begleiter, doch es war auch eine Lektion in Demut und Respekt vor den Kräften, die die Welt in ihrer Tiefe und Dunkelheit verbargen.

Einige Jahre nach den Ereignissen wurde John von einer Gruppe Wissenschaftler kontaktiert, die von der Legende der verborgenen Bibliothek gehört hatten. Sie baten ihn um Informationen und Zugang zu den alten Dokumenten, um die Geschichte des Buches und des okkulten Zirkels zu erforschen. Trotz seiner Bedenken willigte John ein, da er hoffte, dass sie Antworten auf die vielen offenen Fragen finden könnten.

Während ihrer Untersuchungen entdeckten die Wissenschaftler, dass es mehrere solcher Bücher in verschiedenen Teilen der Welt gab, alle mit dunklen und mächtigen Kräften verbunden. Diese Erkenntnis versetzte John in Angst und Schrecken, denn er wusste, dass es mehr solcher verfluchten Orte geben musste, die darauf warteten, entdeckt zu werden.

John entschloss sich, ein Tagebuch zu führen, in dem er seine Erlebnisse und die Geschichten der verborgenen Bibliothek niederschrieb. Es wurde zu einer Warnung und einem Vermächtnis für zukünftige Generationen, damit sie nicht die gleichen Fehler machten wie er.

In den letzten Jahren seines Lebens zog sich John in ein kleines Haus am Rand des Dorfes zurück. Er lebte ein einfaches und zurückgezogenes Leben, immer mit dem Bewusstsein, dass das Wissen um die dunklen Geheimnisse der Welt eine Last war, die er bis zum Ende tragen musste.

Eines Nachts, als er in seinem Sessel saß und die letzten Zeilen seines Tagebuchs schrieb, spürte John eine vertraute Kälte im Raum. Er blickte auf und sah, dass der Spiegel an der Wand, ein altes Erbstück seiner Großmutter, beschlagen war. Ein leises Flüstern drang durch die Stille, und er wusste, dass die Präsenz, die er glaubte, besiegt zu haben, zurückgekehrt war.

John erhob sich langsam aus seinem Sessel und trat näher an den Spiegel. Seine Hand zitterte, als er den beschlagenen Spiegel abwischte und in die dunklen Tiefen starrte. Plötzlich sah er sein eigenes Spiegelbild, doch die Augen waren kalt und leer, ähnlich wie die des Dämons, den er einst beschworen hatte.

"Du kannst mir nicht entkommen, John," flüsterte die unheimliche Stimme aus dem Spiegel. "Wir sind verbunden, für immer."

John wusste, dass er erneut handeln musste, um das Böse endgültig zu bannen. Er griff nach seinem Tagebuch und blätterte hektisch durch die Seiten, auf der Suche nach einem Hinweis, einem weiteren Ritual, das ihn retten könnte. Doch das Flüstern wurde lauter, und die Luft im Raum fühlte sich schwer und drückend an.

Plötzlich hörte er Schritte hinter sich. Als er sich umdrehte, stand Martha, die weise Frau des Dorfes, in der Tür. "John, ich habe gespürt, dass etwas nicht stimmt," sagte sie. "Wir müssen schnell handeln, bevor es zu spät ist."

Martha und John begannen, die Vorbereitungen für ein letztes, mächtiges Ritual zu treffen. Sie legten einen großen Kreis aus Salz um den Spiegel und entzündeten schwarze Kerzen an den Ecken des Raumes. Martha rezitierte uralte Beschwörungsformeln, während John versuchte, seine Konzentration zu bewahren.

Das Flüstern verwandelte sich in ein ohrenbetäubendes Schreien, und der Spiegel begann zu vibrieren. Die Gestalt des Dämons erschien wieder, diesmal deutlicher und bedrohlicher. "Ihr werdet mich nicht besiegen," brüllte er.

John und Martha setzten ihre Beschwörungen fort, und das Licht der Kerzen flackerte wild. Der Dämon streckte seine Klauen aus dem Spiegel heraus, doch das Salz hielt ihn zurück. Schließlich erreichten sie den Höhepunkt des Rituals. Martha warf ein Bündel magischer Kräuter in den Kreis, und John sprach die letzten Worte der Bannformel.

Ein greller Lichtblitz erfüllte den Raum, und das Schreien verstummte abrupt. Der Spiegel zersprang in tausend Stücke, und die Präsenz des Dämons verschwand. Die Luft wurde wieder leichter, und die Stille kehrte zurück.

Erschöpft und erleichtert sank John zu Boden. Martha kniete sich neben ihn und legte eine Hand auf seine Schulter. "Es ist vorbei, John. Du hast es geschafft."

John wusste, dass dies wirklich das Ende war. Der Dämon war endgültig besiegt, und der Fluch, der auf ihm gelastet hatte, war gebrochen. Er fühlte eine tiefe Dankbarkeit und Erleichterung.

In den folgenden Tagen half Martha John, die Überreste des Spiegels zu entsorgen und den Raum zu reinigen. Sie beschlossen, das Haus endgültig zu verlassen und es versiegeln zu lassen, damit niemand je wieder in Versuchung geführt würde, die dunklen Geheimnisse zu ergründen.

John verließ Redwood und zog in eine andere Stadt, weit weg von den Schatten seiner Vergangenheit. Er begann ein neues Leben, in dem er Frieden und Normalität fand. Doch er würde die Lektionen, die er gelernt hatte, niemals vergessen: Manche Geheimnisse sollten besser unentdeckt bleiben, und die Mächte der Dunkelheit waren nicht zu unterschätzen.

Jahre später fand ein junger Bibliothekar Johns Tagebuch und die Aufzeichnungen über die vergessene Bibliothek. Fasziniert von den Geschichten, die es enthielt, entschloss er sich, weiter zu forschen. Doch tief in seinem Inneren spürte er eine Warnung: Manche Geheimnisse sollten für immer verborgen bleiben.

Die verlorene Expedition

Das dampfende, dichte Dickicht des Amazonas-Dschungels war unnachgiebig und undurchdringlich. In dieser grünen Hölle hatte schon so manche Expedition ihr Ende gefunden, verschlungen von der Wildnis. Doch Dr. Alexander Graves, ein renommierter Archäologe und Abenteurer, war fest entschlossen, das Geheimnis einer längst vergessenen Zivilisation zu lüften. Sein Team bestand aus ebenso entschlossenen und erfahrenen Wissenschaftlern und Abenteurern, die bereit waren, alles zu riskieren. Was sie jedoch nicht ahnten, war, dass der Dschungel weit mehr verbarg als nur antike Ruinen.

Die Vorbereitung der Expedition war eine monumentale Aufgabe. Dr. Graves hatte Monate damit verbracht, die besten Geister ihres Fachs zusammenzubringen: Dr. Elena Vasquez, eine brillante Linguistin und Expertin für antike Sprachen; Dr. Samuel Thompson, ein erfahrener Ethnologe; und Jack Harper, ein erfahrener Abenteurer und ehemaliger Soldat, der die Navigation durch den Dschungel übernehmen sollte. Unterstützt wurden sie von einheimischen Führern und Trägern, die die Geheimnisse des Amazonas gut kannten.

Der Aufbruch von Manaus, einer Stadt am Rande des Dschungels, war voller Aufregung und

Vorfreude. Die erste Woche ihrer Reise verlief weitgehend reibungslos. Die dichte Vegetation, die Feuchtigkeit und die allgegenwärtigen Insekten machten den Fortschritt langsam und mühsam, aber das Team war vorbereitet. Jeder Schritt brachte sie tiefer in das Herz des unerforschten Dschungels und näher an ihr Ziel: eine mythische Stadt, die in den Legenden der Einheimischen als „Tierra Perdida" bekannt war.

Nach zwei Wochen des Marschierens, des Fluchens und des Kämpfens gegen die Natur, begann das Team, erste Hinweise auf eine antike Zivilisation zu finden. Verfallene Steinstatuen, von der Vegetation überwuchert, und zerbrochene Töpferwaren deuteten darauf hin, dass sie auf dem richtigen Weg waren. Dr. Graves konnte seine Aufregung kaum verbergen. „Das ist unglaublich!", rief er aus, als sie auf eine verfallene Steinsäule stießen, die mit komplexen Mustern und Schriftzeichen bedeckt war. Dr. Vasquez kniete sich nieder und begann, die Inschriften zu entziffern.

„Es scheint eine Warnung zu sein", sagte sie nach einer Weile. „Etwas über einen Fluch und einen Wächter."

„Typische Geschichten, um Eindringlinge fernzuhalten", sagte Jack Harper lächelnd. „Wir sollten uns keine Sorgen machen."

Doch in den Augen der einheimischen Führer war deutlich die Furcht zu sehen. Sie murmelten leise

Gebete und warfen nervöse Blicke in den dichten Dschungel.

Eine Woche später stießen sie schließlich auf ihr Ziel. Versteckt in einem Tal und überwuchert von der Vegetation, lag die antike Stadt Tierra Perdida. Riesige, zerfallene Pyramiden, Tempel und Wohnhäuser zeugten von einer einst mächtigen Zivilisation. Doch die Stadt war still und leer, die einzigen Geräusche waren das Rauschen des Windes durch die Blätter und das gelegentliche Rufen eines Vogels.

„Wir haben es geschafft!", rief Dr. Graves und breitete die Arme aus. „Wir haben Tierra Perdida gefunden!"

Das Team verbrachte die nächsten Tage damit, die Stadt zu erkunden und zu dokumentieren. Dr. Vasquez war in ihrem Element, während sie die Inschriften an den Wänden entzifferte und die Geschichte der Stadt rekonstruierte. Dr. Thompson untersuchte die Artefakte und versuchte, das tägliche Leben der Bewohner zu verstehen. Jack Harper und die einheimischen Führer sicherten die Umgebung und erkundeten die weiter entfernten Teile der Stadt. Doch je länger sie in der Stadt blieben, desto mehr spürten sie, dass etwas nicht stimmte. Eine unheimliche Stille lag über dem Ort, und in der Nacht schien es, als würden die Schatten um sie herum lebendig werden.

Eines Nachts wurde das Team von einem furchterregenden Schrei geweckt. Einer der einheimischen Führer war verschwunden, und nur sein zerrissenes Zelt und Blutspuren zeugten von seinem letzten Aufenthaltsort. Panik brach aus, und die verbleibenden Führer weigerten sich, weiter in der Stadt zu bleiben.

„Wir müssen hier weg", sagte einer der Führer, seine Stimme zitterte vor Angst. „Der Fluch ist echt. Wir sind alle in Gefahr."

Dr. Graves versuchte, die Führer zu beruhigen, doch nichts konnte ihre Angst besänftigen. Sie packten ihre Sachen und verließen die Stadt im Schutz der Dunkelheit. Das Team war nun auf sich allein gestellt.

„Wir müssen vorsichtig sein", sagte Jack Harper und sah sich wachsam um. „Etwas ist hier draußen, und es ist nicht freundlich."

Am nächsten Tag setzten sie ihre Arbeit fort, doch die Stimmung war gedrückt. Dr. Vasquez entdeckte in einem der Tempel eine große, steinerne Tür, die mit komplexen Mustern und Inschriften bedeckt war. Sie verbrachte Stunden damit, die Inschriften zu entziffern, während die anderen das Gebiet sicherten.

„Das ist unglaublich", murmelte sie schließlich. „Diese Tür führt zu einer unterirdischen Kammer, in der der Wächter der Stadt ruhen soll."

„Wir sollten vorsichtig sein", warnte Dr. Thompson. „Wenn es wirklich einen Wächter gibt, könnten wir ihn wecken."

Doch Dr. Graves war von der Neugier getrieben. „Wir müssen herausfinden, was hinter dieser Tür liegt. Es könnte der Schlüssel zur Entdeckung der Geheimnisse dieser Zivilisation sein."

Mit vereinten Kräften gelang es ihnen, die schwere Tür zu öffnen. Ein kühler Luftzug entströmte der Dunkelheit dahinter, und das Team trat vorsichtig ein. Eine steile Treppe führte hinab in die Tiefe, und das Licht ihrer Taschenlampen enthüllte eine riesige unterirdische Kammer.

In der Mitte der Kammer stand eine gigantische steinerne Statue eines schrecklichen Wesens, halb Mensch, halb Tier, mit glühenden Augen und scharfen Krallen. Dr. Vasquez entzifferte die Inschriften an der Basis der Statue.

„Es heißt, dass der Wächter über die Stadt wacht und jeden Eindringling bestrafen wird", sagte sie mit zitternder Stimme. „Wir sollten hier nicht sein." Doch bevor sie sich zurückziehen konnten, begann die Erde zu beben. Die Augen der Statue begannen rot zu glühen, und mit einem markerschütternden Brüllen erwachte der Wächter zum Leben. Das Team schrie in Panik und rannte in alle Richtungen, während das Ungeheuer auf sie zukam.

„Lauft!", schrie Dr. Graves und stürzte sich auf den Wächter, um den anderen Zeit zu verschaffen. Mit einer gewaltigen Kralle wurde er zur Seite geschleudert, als das Monster seine Verfolgung fortsetzte.

Das Team rannte durch die engen Gänge des Labyrinths der unterirdischen Kammer, verfolgt von dem wütenden Wächter. Einer nach dem anderen fiel ihnen zum Opfer, bis nur noch Dr. Vasquez, Dr. Thompson und Jack Harper übrig waren.

„Wir müssen einen Weg finden, ihn aufzuhalten!", rief Jack und suchte verzweifelt nach einer Lösung. „Da drüben!", schrie Dr. Vasquez und zeigte auf eine große, verfallene Säule. „Wenn wir sie umwerfen können, könnte sie den Wächter begraben!"

Mit vereinten Kräften begannen sie, die Säule zu destabilisieren. Der Wächter kam immer näher, seine Augen glühten vor Zorn. Schließlich gaben die Fundamente nach, und die Säule stürzte mit einem gewaltigen Krachen zu Boden, begrub den Wächter unter Tonnen von Stein.

Die Stille, die folgte, war ohrenbetäubend. Atemlos und erschöpft, standen die Überlebenden da und starrten auf die Trümmer.

Dr. Vasquez, Dr. Thompson und Jack Harper wussten, dass sie keine Zeit verlieren durften. Die Stadt schien noch gefährlicher und unheimlicher geworden zu sein, und sie mussten so schnell wie möglich entkommen. Mit den letzten Kräften machten sie sich auf den Weg zurück an die Oberfläche.

„Wir müssen zurück nach Manaus", sagte Jack, als sie endlich das Tageslicht wieder sahen. „Diese Stadt ist verflucht, und wir müssen die Welt warnen."
Der Weg durch den Dschungel war beschwerlich und voller Gefahren. Doch nach Tagen des Marschierens, der Kämpfe gegen die Natur und des Ausweichens vor wilden Tieren, erreichten sie schließlich die Zivilisation. Die Nachricht von ihrer Entdeckung und den schrecklichen Ereignissen im Dschungel.

Die Heimkehr nach Manaus war eine Mischung aus Erleichterung und Trauer. Die wenigen Überlebenden der Expedition waren körperlich und seelisch erschöpft. Sie waren die einzigen, die aus dem Dschungel zurückgekehrt waren, und ihre Geschichten über die verlorene Stadt und den Wächter schienen für Außenstehende unglaublich. „Niemand wird uns glauben", sagte Dr. Vasquez mit Tränen in den Augen. „All die Opfer, all die verlorenen Leben …"

„Wir müssen die Wahrheit verbreiten", erwiderte Dr. Thompson fest. „Die Welt muss wissen, was dort draußen ist."

Die lokale Presse berichtete über die Rückkehr der Expedition und die Verluste, die sie erlitten hatte. Doch viele waren skeptisch. Einige hielten die

Berichte für übertriebene Erzählungen, andere für reine Fiktion. Die wissenschaftliche Gemeinschaft forderte Beweise, und das Team wusste, dass es zurückkehren müsste, um diese zu liefern.

Trotz der Zweifel in der Öffentlichkeit verbreitete sich die Geschichte der verlorenen Expedition wie ein Lauffeuer. Andere Abenteurer und Schatzsucher machten sich auf den Weg, um Tierra Perdida zu finden und ihren eigenen Anspruch auf Ruhm und Reichtum zu erheben. Doch keiner von ihnen kehrte zurück.

Dr. Vasquez und Dr. Thompson widmeten ihre Zeit der Dokumentation ihrer Entdeckungen und der Aufarbeitung der Inschriften, die sie mitgebracht hatten. Sie veröffentlichten mehrere Artikel und Bücher über ihre Erlebnisse und die Gefahren, die in den Tiefen des Amazonas lauerten. Doch sie warnten immer wieder: „Geht nicht nach Tierra Perdida. Der Wächter wacht noch immer."

Jahre später, als die Geschichten um Tierra Perdida langsam in Vergessenheit gerieten, erhielt Dr. Vasquez einen überraschenden Brief. Es war von Jack Harper, der seit ihrer Rückkehr in die USA zurückgezogen gelebt hatte. Der Brief war kurz und voller Dringlichkeit:

„Elena, ich habe Beweise gefunden, die unsere Geschichte bestätigen. Es gibt noch mehr. Bitte komm sofort."

Dr. Vasquez zögerte nicht. Sie machte sich sofort auf den Weg zu Jacks abgelegener Hütte in den Bergen von Colorado. Als sie ankam, fand sie Jack in einem erbärmlichen Zustand vor. Er war blass, abgemagert und von Albträumen geplagt.

„Jack, was ist los?", fragte sie besorgt.

„Ich habe die Aufzeichnungen der Inka studiert", flüsterte Jack und schob ihr eine alte, vergilbte Karte zu. „Es gibt noch mehr Städte wie Tierra Perdida. Und es gibt Berichte über andere Wächter. Wir haben nur die Spitze des Eisbergs gesehen."
Dr. Vasquez schaute ihn ungläubig an. „Das kann nicht wahr sein …"
„Es ist wahr", sagte Jack fest. „Und wir müssen die Welt warnen. Es gibt Kräfte, die wir nicht verstehen, und sie sind gefährlicher, als wir uns je vorstellen konnten."

Dr. Vasquez und Jack Harper widmeten den Rest ihres Lebens der Erforschung und Warnung vor den Gefahren der alten Zivilisationen, die tief im Dschungel verborgen lagen. Ihre Geschichten wurden zu Legenden, und ihre Warnungen hallten in den Köpfen jener nach, die sie hörten.

Doch die Anziehungskraft des Unbekannten war stark, und immer wieder machten sich mutige oder törichte Abenteurer auf den Weg, um die Geheimnisse des Amazonas zu lüften. Manche kehrten zurück mit Geschichten von unglaublichem

Reichtum und Wissen. Doch die meisten kehrten nie wieder.

Und so blieb Tierra Perdida, die verlorene Stadt, ein ewiges Mysterium. Ein Ort, der von Geheimnissen und Gefahren durchdrungen war, bewacht von einer uralten Macht, die weder Ruhe noch Frieden kannte. Eine Erinnerung daran, dass es in der Welt noch immer Orte gibt, die besser unberührt und unerforscht bleiben sollten.

Der verlassene Jahrmarkt

Es war ein warmer Sommerabend, als eine Gruppe von Freunden beschloss, einen Ausflug zu machen. Clara, Max, Lena und Tom hatten gehört, dass am Stadtrand von Hartfield ein alter Jahrmarkt stillgelegt worden war und nun als verlassenes, geheimnisvolles Gelände bekannt war. Neugier und die Aussicht auf ein kleines Abenteuer trieben sie an, diesen Ort zu erkunden.

„Stell dir vor, wie viele gruselige Geschichten sich um diesen Ort ranken müssen", sagte Lena, als sie durch die verwachsenen Büsche und das hohe Gras stiegen, das den Jahrmarkt umgab. Ihr Atem ging schnell, halb vor Aufregung, halb vor Anstrengung. „Vielleicht finden wir sogar ein paar alte Fahrgeschäfte, die noch funktionieren", fügte Tom hinzu, während er seine Taschenlampe einschaltete und den Weg beleuchtete.

Der Jahrmarkt tauchte vor ihnen auf, eine Geisterstadt aus rostigen Fahrgeschäften, zerrissenen Zeltplanen und verwitterten Jahrmarktsbuden. Die Szenerie war gespenstisch still, nur das gelegentliche Rascheln der Blätter und das Knarren der alten Strukturen durchbrachen die Stille.

„Das ist ja mal wirklich gruselig", meinte Max, als sie sich durch das Eingangstor zwängten, dessen Kette vor langer Zeit aufgebrochen worden war. Die Gruppe begann ihre Erkundung mit dem Riesenrad, dessen rostige Gondeln im leichten Wind schwankten. Clara, die ein Faible für alte Gebäude und verlassene Orte hatte, war besonders fasziniert von den Überresten des einst lebhaften Jahrmarkts.

„Stellt euch vor, wie es hier vor vielen Jahren gewesen sein muss", sagte sie verträumt und strich mit der Hand über eine verrostete Schiene.

„Schau mal da drüben", rief Lena und deutete auf ein großes Zelt, das früher wohl für Zirkusvorführungen genutzt wurde. Die Plane war an mehreren Stellen aufgerissen, und das Innere lag im Dunkeln.

„Lass uns einen Blick hineinwerfen", schlug Tom vor, und die Gruppe machte sich auf den Weg zum Zelt. Sie traten durch den aufgerissenen Eingang und leuchteten mit ihren Taschenlampen in die dunklen Ecken. Die Atmosphäre war drückend, als ob die Wände selbst Geschichten von längst vergangenen Zeiten erzählen wollten.

„Hier ist nichts", sagte Max enttäuscht, als er einen Stapel alter, vermoderter Requisiten durchwühlte. Plötzlich hörten sie ein Geräusch. Es klang wie ein leises Kichern, das von irgendwo tief im Zelt kam. Die Freunde tauschten nervöse Blicke aus.

„Das war doch nur der Wind, oder?", fragte Lena mit zitternder Stimme.

„Hoffentlich", murmelte Tom, doch keiner war sich sicher.

Als sie das Zelt verließen, stießen sie auf eine alte Geisterbahn. Das düstere, grinsende Gesicht einer

Pappmaché-Hexe starrte sie von der Fassade aus an. Clara fühlte eine seltsame Anziehungskraft zu der Geisterbahn und beschloss, näher heranzutreten. „Ich wette, hier drin ist es noch gruseliger", sagte sie und drückte die knarrende Tür auf.

Die Freunde traten ein und fanden sich in einem Labyrinth aus engen Gängen und dunklen Ecken wieder. Die alten Mechanismen der Geisterbahn waren verrostet, doch hier und da blitzten sie im Schein der Taschenlampen auf und erweckten den Eindruck, als könnten sie jeden Moment zum Leben erwachen.

„Hier ist es wirklich unheimlich", flüsterte Lena, als sie an einem alten, mechanischen Skelett vorbeikam, das sich nicht mehr bewegte.

Plötzlich flackerte eine der Taschenlampen und erlosch. Die Dunkelheit legte sich wie ein schwerer Mantel über die Gruppe. Clara spürte ein Kribbeln im Nacken und drehte sich um, doch da war nichts. „Wir sollten vielleicht zurückgehen", schlug Max vor, doch in dem Moment hörten sie wieder das Kichern. Es kam näher.

„Lauft!", rief Tom, und die Gruppe stürzte aus der Geisterbahn ins Freie. Sie keuchten und sahen sich panisch um. Der Jahrmarkt schien nun bedrohlicher als je zuvor.

Während sie ihre Umgebung absuchten, fiel Claras Blick auf ein Karussell, dessen Pferde im Mondlicht unheimlich schimmerten. „Vielleicht finden wir dort einen Hinweis, was hier vor sich geht", sagte sie und ging auf das Karussell zu.

Die anderen folgten zögernd. Als sie das Karussell erreichten, begann es plötzlich, sich zu drehen. Die Freunde sprangen zurück, doch Clara blieb wie gebannt stehen. Sie konnte nicht glauben, was sie sah: Die hölzernen Pferde bewegten sich, als wären sie lebendig, und das Karussell spielte eine verzerrte Melodie.

„Das ist nicht möglich", flüsterte Max.
Plötzlich wurde Clara von einer unsichtbaren Kraft gepackt und auf eines der Pferde gezogen. Die anderen versuchten, sie zu erreichen, doch sie wurden zurückgestoßen. Claras Schreie hallten durch die Nacht, während das Karussell sich immer schneller drehte.

„Wir müssen etwas tun!", rief Tom, doch er wusste nicht, was.

In diesem Moment erschienen Gestalten aus den Schatten. Es waren die Geister der Jahrmarktmitarbeiter, die nun als bösartige Wesen existierten. Ihre Gesichter waren entstellt, ihre Augen leer.

„Willkommen auf unserem Jahrmarkt", sagte eine der Gestalten mit einer unheimlichen Stimme. „Ihr seid nun Teil unserer Vorstellung."

Die Freunde waren umzingelt. Lena schrie, als einer der Geister nach ihr griff, doch Tom stieß ihn zurück. Max schnappte sich ein loses Brett und schlug auf die Geister ein, doch sie schienen unempfindlich gegen körperliche Angriffe zu sein. „Wir müssen den Jahrmarkt verlassen, bevor es zu spät ist!", rief Clara, die irgendwie von dem Pferd befreit worden war und jetzt taumelnd auf ihre Freunde zukam.

Gemeinsam rannten sie in Richtung Ausgang, doch die Geister verfolgten sie unerbittlich. Der Jahrmarkt schien sich gegen sie zu verschwören, die Wege änderten sich, und die Fahrgeschäfte schienen lebendig zu werden und ihnen den Weg zu versperren.

Plötzlich fiel Lena zu Boden. Ein Geist hatte sie am Knöchel gepackt und zog sie zurück. Tom versuchte, sie zu befreien, doch die Geister waren zu stark. Lenas Schreie verstummten, als sie von der Dunkelheit verschlungen wurde.

Die verbliebenen Freunde rannten weiter, ihre Herzen pochten wild in ihren Brustkörben. Sie erreichten den Eingang, doch das Tor war plötzlich verschlossen. Max versuchte, es aufzubrechen, doch es gab keinen Weg hinaus.

„Wir müssen einen anderen Ausweg finden!", rief Clara verzweifelt.

Sie liefen weiter, suchten nach einem Schwachpunkt im Zaun oder einer anderen Möglichkeit, zu entkommen. Die Geister waren ihnen dicht auf den Fersen, ihre unheimlichen Stimmen hallten in der Dunkelheit.

Plötzlich blieb Max stehen. „Geht weiter ohne mich", sagte er schwer atmend. „Ich werde sie ablenken."

„Nein, das kannst du nicht tun!" protestierte Clara, doch Max schüttelte den Kopf.

„Es ist unsere einzige Chance", sagte er entschlossen. „Lauft!"

Clara und Tom liefen weiter, während Max den Geistern entgegen stürmte. Seine Schreie hallten durch die Nacht, während er tapfer kämpfte. Die Dunkelheit verschlang ihn, doch seine Opfergabe hatte den anderen wertvolle Zeit verschafft.

Clara und Tom erreichten schließlich eine Lücke im Zaun. Mit letzter Kraft zwängten sie sich hindurch und rannten in die Freiheit. Der Jahrmarkt lag hinter ihnen, doch die Schrecken der Nacht würden sie nie vergessen.

Sie kehrten nie wieder zurück und erzählten niemandem, was geschehen war. Die Erinnerungen an ihre Freunde und die schrecklichen Ereignisse verblassten mit der Zeit, doch die Narben blieben. Der Jahrmarkt wurde für immer verlassen, ein Ort des Grauens, der nur in den dunkelsten Albträumen existierte.

In Hartfield erzählte man sich noch lange die Geschichten von den mutigen jungen Menschen, die sich auf den verlassenen Jahrmarkt wagten. Doch niemand wagte es je wieder, diesen verfluchten Ort zu betreten. Die Geister des Jahrmarkts wachten weiterhin über ihr Reich, bereit, jeden zu empfangen, der dumm genug war, sich ihnen zu nähern.

Der Berg der Träume

Ich, Oswald Chamberlain, Geologe von mäßigem
Ruhm, wurde im Frühjahr des Jahres 1924 von einer
russischen Expedition angeheuert, die den
unerforschten Gebirgszug im äußersten Norden
Sibiriens untersuchen wollte. Die Einheimischen
nannten ihn Gory Snov, „den Berg der Träume". Es
war ein Name, der mir anfangs romantisch erschien,
doch bald mit Furcht und Grauen erfüllt werden
sollte.

Der Berg erhob sich aus einer weiten Ebene von
Schnee und Eis, eine titanische Präsenz, deren
Gipfel von dunklen Wolken verhüllt wurde. Kein
Mensch hatte jemals seinen Gipfel erklommen, und
keine Karte der Welt verzeichnete ihn vollständig.
Die einheimischen Jäger warnten uns mit seltsamen
Geschichten vor diesem Ort – von Menschen, die
den Berg betraten und nie zurückkehrten, von
Träumen, die ihre Opfer in den Wahnsinn trieben,
und von Stimmen, die in den Winden flüsterten.

Natürlich tat ich diese Geschichten als Aberglauben
ab, als wir uns auf den Weg machten. Doch meine
Skepsis sollte bald zerbröckeln wie das brüchige Eis
unter unseren Füßen.

Nach einer beschwerlichen Reise durch endlose
Weiten aus Schnee und Kälte erreichten wir
schließlich die Basis des Berges. Der Aufstieg
begann harmlos – eisige Pfade und steinige Klippen,
die jede andere Expedition wohl als normale

Hindernisse beschrieben hätte. Doch je weiter wir stiegen, desto seltsamer wurde die Landschaft.

Schwarzer, glasiger Stein ragte aus dem Schnee hervor, eine seltsame Formation, die nicht natürlichen Ursprungs zu sein schien. Diese Steine schienen Wärme zu abstrahlen, trotz der tödlichen Kälte um uns. Zudem schien die Luft dünner, als sie in dieser Höhe sein sollte, was uns alle in einen eigenartigen Zustand zwischen Traum und Wachsein versetzte.

In der zweiten Nacht begann ich zu träumen. Ich sah eine Stadt – eine unermessliche Metropole aus schwarzen Türmen, die sich in den Himmel erhoben und in unmöglichen Winkeln miteinander verbunden waren. Die Straßen waren erfüllt von Schattenwesen, deren Form sich ständig änderte, als ob sie aus purer Dunkelheit bestanden. Es war ein Ort jenseits aller menschlichen Vorstellungskraft, und doch fühlte ich mich merkwürdig vertraut mit ihm.

Als ich am Morgen erwachte, sah ich, dass auch die anderen Expeditionsteilnehmer erschöpft und verstört wirkten. Nikolai, unser Führer, weigerte sich, über seine Träume zu sprechen, doch seine zitternden Hände und sein fahler Teint sprachen Bände.

In den folgenden Tagen wurden die Träume intensiver. Sie kamen nicht mehr nur im Schlaf, sondern auch während wir wach waren. Ich sah

Schatten über den Felsen tanzen, hörte Stimmen, die in einer uralten Sprache sangen, und spürte, wie der Berg selbst lebendig wurde.

Dann, am fünften Tag unseres Aufstiegs, erreichten wir ein Hochplateau, auf dem wir die Überreste einer monströsen Struktur fanden. Es war ein Tor, so gewaltig und alt, dass ich es kaum beschreiben kann. Seine Oberfläche war mit Symbolen bedeckt, die keinem irdischen Alphabet entsprachen.

Nikolai, der inzwischen in eine Art wahnsinnige Verzückung verfallen war, schritt auf das Tor zu und begann, in einer Sprache zu sprechen, die unmöglich menschlich war. Die Worte schienen aus einer anderen Welt zu stammen, und während er sprach, begann das Tor zu glühen.

Ich wünschte, ich könnte sagen, dass ich weggelaufen bin. Doch meine Beine versagten mir den Dienst. Das Tor öffnete sich, und jenseits davon sah ich die Stadt meiner Träume – Ithyll, die Stadt der Alten. Ihre Türme ragten hoch in einen schwarzen Himmel, der mit wirbelnden Sternen übersät war, die mir fremd und doch beunruhigend bekannt vorkamen.

Aus dem Tor drangen unzählige Schattenwesen hervor, die wie lebendige Albträume über unsere Gruppe herfielen. Nikolai war der Erste, der verschwand – er wurde von den Schatten verschlungen, als ob er nie existiert hätte. Die anderen schrien und rannten, doch es gab kein Entrinnen.

Ich weiß nicht, wie ich überlebte. Vielleicht ließen sie mich absichtlich zurück, um die Geschichte zu erzählen. Als ich zu mir kam, lag ich allein auf dem Hochplateau, und das Tor war verschwunden, als hätte es nie existiert.

Ich kehrte nach England zurück, doch ich bin nicht derselbe Mann, der ich einmal war. Die Träume hören nicht auf. Jede Nacht sehe ich Ithyll, spüre die Präsenz der Alten, und höre ihre Stimmen, die nach mir rufen. Ich weiß, dass es nur eine Frage der Zeit ist, bis sie mich holen.

Doch ich schreibe dies nieder, damit die Welt gewarnt sei: Der Berg der Träume ist kein Ort für Menschen. Es ist ein Tor zu etwas, das jenseits unserer Vorstellungskraft liegt – und ich fürchte, es wird nicht geschlossen bleiben.

Denn in meinen Träumen sehe ich, wie die Schatten sich bewegen. Sie bereiten sich vor.

Die Rose im Nebel

Im fahlen Schein des Mondes klar,
Ein Garten lag, so wunderbar.
Von Nebeln dicht und still verhüllt,
Ein Ort, wo Zeit in Schatten hüllt.

Die Luft war schwer, von Duft durchtränkt,
Der Geist vom Traum in Trug versenkt.
Ein Flüstern schlich durch Blatt und Zweig,
Ein Lied von Sehnsucht, bittersüß zugleich.

Da trat ich ein, von Rätseln blind,
Mein Herz ein Narr, der Antworten find'.
Durch Nebelschleier, trüb und sacht,
Erwuchs ein Bild in dunkler Pracht.

Dort stand sie, einsam, stolz und stumm,
Die schwarze Rose – wie ein Summ,
Das von der Tiefe empor gerollt,
Und eine düst're Wahrheit grollt.

Ich trat heran, mein Atem schwer,
Die Schönheit raubte alle Wehr.
Doch als ich näher wagte mich,
Schien Schatten sich zu formen dicht.

Ein Wispern, leise, kaum gehört,
Ein Wort, das Sinne tief betört.
„Berühre mich", so haucht' es leis',
Doch hinter Schönheit lauerte Eis.

Die Blätter glänzten, Nacht getränkt,
Wie Tränen, von der Zeit geschenkt.
Die Dornen scharf, ihr Stich ein Fluch,
Der Seele Raub, ein letzter Bruch.

Doch blind vor Gier, die Hand gestreckt,
Von ihrer Macht mein Geist befleckt,
Berührte ich das dunkle Blatt,
Und fühlte, was sie mir vermacht.

Ein Sturm aus Bildern, wirr und klar,
Von Liebe, die einst blühend war.
Doch Schuld und Zorn, in wilder Glut,
Zerbrachen Herz und Lebensmut.

Ein Liebespaar, in Zeiten alt,
Ihr Treueschwur nun bitter kalt.
Ein Dolch, ein Schrei, ein Tropfen Blut,
Und aus Verrat wuchs diese Brut.

Die Rose, einst von Liebe gepflanzt,
War Fluch, der nun im Nebel tanzt.
Gefangen hier in ew'ger Nacht,
Hat Leid und Schmerz sie groß gemacht.

Und als ich ihre Wahrheit sah,
Verstand ich, was hier einst geschah.
Mein Herz von Schuld und Furcht erdrückt,
Ihr Schatten mich zu Boden drückt'.

Ich wollte fliehn, dem Garten entflieh'n,
Doch Nebel wuchs, ließ Wege verzieh'n.
Die Dornen griffen nach meinem Sein,
Die Rose sprach: „Du bist nun mein."

Ihr Duft, so süß, ein tödlich Lied,
Ein Netz aus Träumen, das nie entflieht.
Die Liebe selbst, verdreht zur Qual,
Ein ew'ger Tanz in düstrer Schaal.

So steh' ich hier, ein Teil von ihr,
Gefangen ewig in der Gier.
Ein Flüstern folgt, wo Nebel webt,
Die Rose ruft, wo keiner lebt.

Und wenn du siehst den Schleier sacht,
Im Mondesglanz zur tiefen Nacht,
Tritt nicht heran, verharre still,
Denn sie verführt, wenn niemand will.

Die Rose, schwarz, im Nebel blüht,
Ihr Klagelied die Stille durchzieht.
Ein Fluch, ein Grab, ein Herz, das schlägt,
Bis auch dein Leben dort vergeht.

So endet nun die dunkle Lehr',
Von Liebe, die zu Schatten verwehrt.
Die Rose bleibt, ein Zeugnis kalt,
Vom Preis der Seele, wenn sie halt.

Das letzte Lachen

Es war eine jener dunklen Winternächte, in denen die Kälte durch die Ritzen alter Gebäude kroch und die Schatten auf den Straßen wie lebendige Wesen wirkten. Die Stadt lag unter einem Mantel aus dichtem Nebel, und die flackernden Gaslaternen warfen nur trügerisches Licht auf das Kopfsteinpflaster. Anton Grevelli, ein verarmter Schauspieler, schritt eilig durch die Gassen, seinen Mantel fest um sich gezogen. Das Ziel seiner Reise war das Teatro di Ombra, ein Theater, das ebenso verfallen war wie seine Karriere.

Anton war einst ein gefeierter Künstler gewesen, dessen Name in den erleuchteten Straßen Venedigs ehrfürchtig geflüstert wurde. Doch die Zeiten hatten sich gewandelt. Sein Talent, so wurde gemunkelt, sei von einer Serie schlechter Entscheidungen und der schleichenden Bitterkeit des Alters verschluckt worden. Jetzt lebte er von Restrollen und Almosen, ein Schatten seiner selbst.

An diesem Abend hatte sich jedoch eine letzte Möglichkeit ergeben. Vittorio Canevaro, ein mysteriöser Regisseur, dessen Ruf so düster wie seine Inszenierungen war, hatte Anton die Hauptrolle in einem neuen Stück angeboten. Das Stück trug den Titel "Das letzte Lachen", eine groteske Tragödie über einen Mann, der von einer verfluchten Maske in den Wahnsinn getrieben wird. Es sollte eine einmalige Aufführung für einen exklusiven Kreis von wohlhabenden Gönnern sein – ein Publikum, das das Makabre und Ungewöhnliche suchte.

Anton zögerte nicht. Das Angebot war seine einzige Hoffnung, seinem verarmten Dasein zu entkommen. Doch als er das verfallene Theater betrat, überkam ihn ein unheimliches Gefühl, als ob er in den Schlund eines vergessenen Albtraums trat.

Das Teatro di Ombra war einst ein prächtiger Ort gewesen, doch jetzt lag es in Trümmern. Die hohen, verzierten Decken waren von Rissen durchzogen, und der Staub der Jahre bedeckte jede Oberfläche wie ein Leichentuch. Vittorio erwartete ihn auf der Bühne, eine dunkle Gestalt mit scharfen Gesichtszügen und Augen, die wie schwarze Löcher wirkten.

„Ah, Signore Grevelli", begrüßte er ihn mit einer Stimme, die wie das Knarren alter Türen klang. „Willkommen. Heute Abend werden wir Geschichte schreiben."

Anton nickte stumm, seine Kehle trocken. Vittorio führte ihn hinter die Bühne, wo ein Tisch mit Kostümen und Requisiten stand. Unter ihnen befand sich eine Maske, die auf seltsame Weise im Halbdunkel zu leuchten schien.

Sie war grotesk und bizarr: Ein grinsendes Gesicht, dessen verzerrte Züge zwischen Freude und Schmerz schwankten. Die Augenhöhlen waren leer, doch sie schienen Anton direkt anzustarren. Die glatte, porzellanartige Oberfläche war von feinen

Rissen durchzogen, als ob sie mit der Zeit von etwas Innerem zerrissen worden war.

„Das ist die Maske des Protagonisten", sagte Vittorio, während er sie vorsichtig in die Hände nahm. „Sie ist nicht nur ein Requisit, sondern das Herz des Stückes. Trage sie mit Respekt."

Anton verspürte ein unbestimmtes Grauen, als er die Maske berührte. Sie war überraschend schwer und fühlte sich seltsam kalt an, als ob sie lebendig wäre. Doch er zwang sich zu einem Lächeln und sagte: „Eine Maske ist nur eine Maske, nicht wahr?"

Vittorios Augen verengten sich. „Das, mein Freund, werden wir sehen."

Die Premiere war eine surreale Erfahrung. Das Publikum bestand aus einer Handvoll seltsamer Gestalten, deren Gesichter im Halbdunkel kaum zu erkennen waren. Sie saßen in den staubbedeckten Reihen, regungslos und schweigend, als ob sie selbst Teil des Bühnenbilds wären.

Der Vorhang hob sich, und Anton betrat die Bühne. Seine Nervosität war groß, doch als er die Maske aufsetzte, geschah etwas Seltsames. Eine Welle von Energie durchflutete ihn, als ob die Maske ihn mit einer fremden Kraft erfüllte. Seine Bewegungen wurden sicherer, seine Stimme lauter und eindringlicher. Die Worte des Drehbuchs flossen von seinen Lippen, als ob sie nicht aus seinem Geist, sondern aus einer anderen, dunkleren Quelle kämen.

Das Publikum war gebannt. Kein Husten, kein Flüstern unterbrach die unheimliche Stille. Doch Anton begann sich zunehmend unwohl zu fühlen. Die Maske schien sich an sein Gesicht zu schmiegen, ihre kalte Oberfläche wurde warm, beinahe heiß. Er versuchte, sie abzunehmen, doch die Ränder hatten sich wie lebendige Finger um seinen Kopf geschlungen.

Die Handlung des Stückes spiegelte seine eigene Realität wider. Der Protagonist, ein armer Narr, wurde von der Maske verflucht, die ihm Ruhm und Ansehen versprach, aber auch seinen Verstand raubte. Anton spürte, wie die Grenze zwischen ihm und seiner Rolle zu verschwimmen begann.

Mit jeder Szene wurde Antons Geist tiefer in einen Abgrund aus Angst und Verwirrung gezogen. Die Maske flüsterte ihm Worte zu, die nicht im Drehbuch standen, und er begann, diese Worte unbewusst zu sprechen. Die Bühne verwandelte sich vor seinen Augen in eine albtraumhafte Landschaft. Die Zuschauer schienen keine Menschen mehr zu sein, sondern dunkle Schatten mit glühenden Augen.

Schweiß rann über sein Gesicht, doch die Maske blieb fest verankert. Seine Bewegungen wurden ruckartig, seine Stimme überschlug sich. Er fühlte, wie seine eigene Persönlichkeit von einer fremden Macht verdrängt wurde.

In der letzten Szene des Stückes, als der Protagonist den Höhepunkt seines Wahnsinns erreichte, wurde

Anton von einer Vision heimgesucht. Er sah sich selbst auf der Bühne stehen, umgeben von einem toten Publikum, dessen leere Augenhöhlen ihn anstarrten. Ein wahnsinniges Gelächter erfüllte den Raum, und er erkannte mit Schrecken, dass es aus seiner eigenen Kehle kam.

Als der Vorhang fiel, lag Stille über dem Theater. Vittorio trat auf die Bühne, sein Gesicht ausdruckslos. „Du hast die Rolle hervorragend gespielt, Signore Grevelli", sagte er leise. „Du hast dem Stück Leben eingehaucht – und es hat deins genommen."

Anton versuchte, die Maske abzunehmen, doch sie ließ sich nicht lösen. Sein Gesicht war jetzt Teil ihres grotesken Grinsens. Sein Lachen hallte durch das leere Theater, ein Geräusch, das nicht enden wollte, während sich sein Geist endgültig in den Abgrund verlor.

Am nächsten Morgen fand man das Teatro di Ombra leer vor. Von Anton Grevelli blieb keine Spur – außer der Maske, die auf der Bühne lag, bereit, ihren nächsten Träger zu empfangen.

Das verborgene Pendel

In einer kleinen, nebligen Stadt, deren Name ich aus Gründen der Diskretion verschweigen muss, lebte einst ein Uhrmacher, dessen Kunstfertigkeit seinesgleichen suchte. Dieser Mann, dessen Name Adrian Vollmer war, war nicht nur bekannt für seine präzisen und meisterhaft gefertigten Uhren, sondern auch für seine stille, zurückgezogene Natur. In seiner Werkstatt, einem düsteren Raum, in dem der Geruch von Öl und alter Mechanik in der Luft hing, verbrachte er die meisten Tage und Nächte, das Ticken und Schlagen seiner Werke als einzige Gesellschaft.

Doch hinter seiner ruhigen Fassade verbarg sich eine Seele, die von Neid und Gier zerfressen war.

Adrians Geschäftspartner, ein gewisser Heinrich Geyer, war der eigentliche Besitzer des Gebäudes, in dem die Werkstatt untergebracht war. Heinrich war kein Uhrmacher, sondern ein geschickter Geschäftsmann. Er hatte das Talent, Adrians Kunstfertigkeit zu vermarkten, und zog aus der gemeinsamen Unternehmung beträchtlichen Gewinn. Dennoch war Heinrich kein Mann der Gerechtigkeit; er hielt Adrian stets kurz, zahlte ihm nur einen Bruchteil des Verdienstes und behandelte ihn mit herablassender Gleichgültigkeit. Adrian ertrug dies lange, doch mit jedem vergehenden Jahr wuchs in ihm ein düsterer Zorn, ein nagender Groll, der schließlich in einem finsteren Plan gipfelte.

Eines kalten Herbstabends, als der Regen gegen die schmutzigen Fenster der Werkstatt peitschte, lud Adrian Heinrich ein, um über eine neue Erfindung zu sprechen. Heinrich, gierig und voller Erwartung auf neue Einnahmen, kam unverzüglich. Adrian führte ihn zu einer prächtigen Standuhr, die er angeblich gerade fertiggestellt hatte. Die Uhr war tatsächlich ein Meisterwerk – hoch aufragend, mit einem kunstvoll verzierten Holzgehäuse, das mit goldenen Gravuren verziert war. Doch ihr Inneres barg ein schreckliches Geheimnis.

Adrian hatte die Uhr so konstruiert, dass ihr schweres Pendel nicht nur vor und zurückschwang, sondern mit messerscharfen Klingen ausgestattet war. Er hatte die Mechanik so gestaltet, dass die Klingen mit jedem Schlagen der Uhr tiefer in den Raum schnitten – ein tödlicher Mechanismus, verborgen hinter dem makellosen Äußeren.

Als Heinrich sich über die Uhr beugte, um die Details zu bewundern, stieß Adrian ihn mit plötzlicher Gewalt in den inneren Hohlraum des Gehäuses. Bevor Heinrich auch nur einen Laut von sich geben konnte, schloss Adrian die schwere Tür und verriegelte sie mit einem Schlüssel, den er um den Hals trug. Heinrichs Schreie wurden bald von dem rhythmischen Schlagen des Pendels übertönt.

Adrian entsorgte Heinrichs Überreste, als die Maschine ihre grausame Arbeit beendet hatte, und niemand vermisste den Geschäftsmann, der als eigensinnig und unnahbar galt. Adrian übernahm das

Geschäft und erfreute sich an seinem neu gewonnenen Reichtum. Doch die Standuhr behielt er, nicht aus Notwendigkeit, sondern aus einer seltsamen, krankhaften Faszination. Sie stand nun in seiner Werkstatt, ihr Ticken ein ständiger Begleiter. Doch bald bemerkte Adrian, dass etwas mit der Uhr nicht stimmte.

Nachts, wenn alles still war, hörte er das Pendel auf eine Weise schlagen, die er nicht erklären konnte. Es klang, als würde es nicht nur die Zeit markieren, sondern ein rhythmisches, bösartiges Herz nachahmen. Manchmal schien es zu stocken, nur um mit einem lauten Krachen wieder anzusetzen, als würde es eine unsichtbare Last zerschneiden. Mehrmals wachte Adrian schweißgebadet auf, sicher, dass er Heinrichs Stimme in dem Ticken gehört hatte – ein Flüstern, das ihn der Lüge und des Verrats beschuldigte.

Die Tage vergingen, und Adrians Zustand verschlechterte sich. Er wurde blass, mager und sprunghaft, unfähig, sich auf seine Arbeit zu konzentrieren. Die Uhr schien ihn zu verfolgen. Das Pendel, das er einst mit Stolz entworfen hatte, schwang nun wie eine Sense des Todes durch seine Träume. Immer wieder sah er Heinrichs Gesicht in den glänzenden Oberflächen der Uhren, die er reparierte. Die Kunden bemerkten seine Veränderung und mieden die Werkstatt, sodass Adrian bald alleine mit seinen Gedanken und der verfluchten Uhr zurückblieb.

Eines Nachts, als der Sturm heulte und das Ticken der Standuhr lauter als je zuvor klang, fasste Adrian den Entschluss, sie zu zerstören. Mit einem schweren Hammer in der Hand näherte er sich dem Gehäuse, dessen Gravuren im flackernden Kerzenlicht wie verzerrte Gesichter wirkten. Doch als er den Hammer schwang, stoppte das Pendel abrupt. Die plötzliche Stille war so erschreckend, dass Adrian zurücktaumelte und die Kerze umstieß, die den Raum in Dunkelheit tauchte.

In der Dunkelheit begann die Uhr zu schlagen – nicht mechanisch, sondern wie ein pochendes Herz. Adrian konnte die Klinge des Pendels hören, wie sie durch die Luft schnitt, als würde sie sich durch ein unsichtbares Gewebe sägen. Plötzlich spürte er eine unsichtbare Kraft, die ihn nach vorne zog. Verzweifelt griff er nach etwas, um sich festzuhalten, doch es war, als ob die Uhr selbst ihn verschlingen wollte. Mit einem letzten, markerschütternden Schrei verschwand Adrian im Inneren der Standuhr.

Am nächsten Morgen fanden die wenigen verbliebenen Nachbarn die Werkstatt leer vor. Die Standuhr, einst Adrians Meisterwerk, war stehen geblieben. Das Pendel ruhte in einer gespenstischen Stille, und in seinem Gehäuse fanden sie weder Adrian noch Heinrich – nur einen schwachen Geruch nach Blut und Öl, der sich wie ein böser Omen in der Luft hielt.

Die Uhr wurde nie wieder aufgezogen.

Die Maske des Träumers

Ich schreibe diese Zeilen mit zitternden Händen und einem Herzen, das von unbeschreiblichem Schrecken erfüllt ist. Mein Name ist Alaric Delmar, und ich war einst ein Künstler, der die Schönheit des Lebens in Farben und Formen suchte. Doch die Ereignisse der letzten Monate haben meine Seele zerstört, und ich fürchte, dass meine Geschichte mit jedem Wort, das ich niederschreibe, einen Teil meiner Menschlichkeit entblößt. Dennoch muss ich berichten, was geschehen ist, in der Hoffnung, dass mein Schicksal anderen als Warnung dient.

Es begann in der düsteren Stadt Arkham, wo ich in einem feuchten Dachbodenatelier hauste. Die Inspiration hatte mich seit Jahren verlassen, und meine Werke waren nur noch blasse Abbilder dessen, was ich einst zu schaffen vermochte. In meiner Verzweiflung wandte ich mich dem Antiquitätenladen von Ezra Pembroke zu, einem Ort, der für seine obskuren und morbiden Schätze bekannt war.

Es war an einem stürmischen Nachmittag, als ich die Maske fand – oder besser gesagt, als sie mich fand. Sie lag in einer staubigen Glasvitrine, umgeben von zerbrochenen Puppen und zerrissenen Manuskripten. Die Maske war aus einem Material gefertigt, das weder Holz noch Metall war; sie schien zu pulsieren, als ob sie lebte. Ihre Oberfläche war mit unverständlichen Symbolen verziert, und die

Augenöffnungen waren wie schwarze Abgründe, die alles Licht zu verschlingen schienen.

Pembroke erzählte mir, dass die Maske einem vergessenen Kult aus dem fernen Orient gehört habe, der einen Gott verehrte, den sie ‚Den Träumer' nannten. Die Legende besagte, dass die Maske dem Träger die Fähigkeit verlieh, die Welt mit den Augen dieses Gottes zu sehen – eine Vision, die von unfassbarer Schönheit, aber auch von unermesslichem Schrecken erfüllt war. Ich lachte über seine Worte und kaufte die Maske dennoch. Sie war mein letzter Versuch, die Flamme der Inspiration wieder zu entfachen.

Zu Hause angekommen, betrachtete ich die Maske lange. Etwas an ihr rief nach mir, eine fremdartige Anziehungskraft, die mich dazu zwang, sie aufzusetzen. Als ich dies tat, durchzuckte mich ein elektrisches Kribbeln, und meine Sinne explodierten in einem Feuerwerk aus Farben, die ich nie zuvor gesehen hatte. Meine Hände griffen wie von selbst nach Pinsel und Leinwand, und in einem tranceartigen Zustand begann ich zu malen.

Das Werk, das ich schuf, war anders als alles, was ich je gemacht hatte. Es zeigte eine Landschaft, die unmöglich zu existieren schien – mit Bergen, die in den Himmel ragten, und einem Meer, das in alle Richtungen floss. Am Horizont thronte eine gigantische, schemenhafte Gestalt, deren Konturen in einem ewigen Wandel begriffen waren.

Doch mit der Schönheit kam auch ein Gefühl tiefen Unbehagens. Die Maske schien mit mir zu sprechen, nicht in Worten, sondern in Eindrücken und Gefühlen. Sie versprach mir Ruhm und Anerkennung, wenn ich ihr erlaubte, meine Werke zu leiten. Ich war zu verzweifelt, um zu widerstehen.

Bald wurde die Maske zu einem festen Bestandteil meines Schaffens. Die Bilder, die ich malte, zogen die Aufmerksamkeit der Kunstwelt auf sich. Galerien in Boston und New York rissen sich um meine Werke, und Kritiker priesen mich als Visionär. Doch mit jedem Bild, das ich malte, wuchs der Einfluss der Maske auf mich.

Die Nächte wurden von seltsamen Träumen beherrscht. Ich fand mich in einer fremden Welt wieder, in der gigantische Kreaturen mit leuchtenden Augen durch endlose Ebenen streiften. Ein tiefes Dröhnen erfüllte die Luft, und ich wusste, dass es der Herzschlag des Träumers war, dessen Gedanken die Welt formten.

Ich begann, mich von der Realität zu entfernen. Die Farben der Welt verblassten, und nur die Maske konnte mir noch Klarheit schenken. Doch jedes Mal, wenn ich sie abnahm, fühlte ich mich schwächer, als ob sie einen Teil meiner Seele verschlungen hätte.

Eines Nachts, als der Mond blutrot am Himmel hing, wagte ich es, die Maske genauer zu untersuchen. Ich kratzte an der Oberfläche und entdeckte, dass die Symbole in die Substanz des Materials eingraviert waren, als ob sie organisch gewachsen wären. Eine seltsame Flüssigkeit sickerte aus den Gravuren, und als ich sie berührte, durchzuckte mich ein brennender Schmerz.

Die Maske sprach nun deutlich zu mir. Sie offenbarte, dass sie ein Teil des Träumers war, ein Fragment seines Wesens, das durch Zeit und Raum gereist war, um einen Wirt zu finden. Ich war nichts weiter als ein Werkzeug, durch das der Träumer seine Rückkehr in die Welt der Lebenden vorbereitete.

Verzweifelt versuchte ich, die Maske zu zerstören, doch sie war unzerstörbar. Jedes Mal, wenn ich sie wegwarf, fand sie ihren Weg zurück zu mir. Schließlich kapitulierte ich und ließ sie ihre Visionen in meine Werke einfließen. Die Bilder wurden immer grotesker, immer fremdartiger. Menschen, die meine Ausstellungen besuchten, sprachen von einer unheimlichen Präsenz, die von meinen Gemälden ausging.

Am Ende war ich nur noch ein Schatten meiner selbst. Die Maske hatte mein Gesicht gezeichnet, meine Augenhöhlen waren schwarz wie ihre, und meine Haut hatte einen seltsamen, schimmernden Glanz angenommen. Schließlich befahl sie mir, ein letztes Werk zu schaffen – ein Porträt des Träumers selbst.

Ich malte die ganze Nacht, bis das Bild fertig war. Es zeigte eine gigantische Kreatur, deren Körper aus einer pulsierenden Masse bestand, die sich ständig veränderte. Augen, Tentakel und Münder tauchten auf und verschwanden wieder, und doch war da eine schreckliche Einheit in all dem Chaos.

Als ich das letzte Detail hinzufügte, begann das Bild, sich zu bewegen. Die Kreatur brach aus der Leinwand hervor, und die Wände meines Ateliers zerbrachen wie Glas. Ich wurde in einen endlosen Abgrund gezogen, umgeben von einem Chor aus Stimmen, die sangen: „Der Träumer erwacht."

Man fand mein Atelier leer vor, bis auf die Maske, die unversehrt auf dem Boden lag. Von mir fehlte jede Spur. Doch diejenigen, die die Maske später aufsetzten, verschwanden ebenfalls, und die Bilder, die sie hinterließen, zeugten von einer fremden Welt, die jenseits unserer Vorstellungskraft liegt.

Vielleicht liest du diese Zeilen und lachst über meine Torheit. Doch sei gewarnt: Solltest du jemals eine Maske finden, die zu dir spricht, dann widerstehe ihrem Ruf – oder du wirst, wie ich, zum Spielzeug eines Wesens, das unser Verständnis übersteigt.

Das Murmeln der Mauern

Es war im trüben Herbst jenes Jahres, das meine Seele zu ihrer schwersten Prüfung rief, als ich in die verwitterten Ruinen des Hauses Lugano zog, eines Anwesens, dessen Name durch die Jahrhunderte hindurch nur in gedämpftem Flüstern ausgesprochen wurde. Das Anwesen erhob sich auf einem schroffen Hügel, dessen dunkle Zypressen wie die stummen Wächter einer längst vergangenen Epoche wirkten. Der Herbstwind trug den Duft von Moder und altem Holz, und die wenigen Dorfbewohner, denen ich begegnete, senkten die Blicke, sobald ich meinen Einzug in das Anwesen erwähnte.

"Die Mauern flüstern dort", hatte eine alte Frau in gebrochenem Tonfall gesagt, als sie mir Brot und Käse über den Marktstand reichte. "Sie erzählen von den Toten."

Ich hatte nur gelächelt, damals überzeugt, dass es sich um das übliche Aberglaubensgeschwätz handelte, das solch abgelegene Orte durchdringt. Doch mein Lächeln war hohl, eine bloße Maske, hinter der die Schatten meiner eigenen Sorgen lauerten. Die ständige Last meiner finanziellen Misere und die düstere Erinnerung an vergangene Tragödien hatten mich zu diesem seltsamen Ort geführt. Lugano, hatte ich gedacht, würde mir Ruhe bringen – und vielleicht die Inspiration, die mir fehlte, um meine Feder wieder zu erheben.

Das Anwesen selbst war von ehrwürdiger, aber bedrückender Architektur, mit hohen Türmen und düsteren Fenstern, die wie tote Augen auf die Landschaft starrten. Der Besitzer, ein gewisser Conte Albiero, hatte es mir zu einem lächerlich niedrigen Preis überlassen. "Es ist alt", hatte er gesagt, "und nicht jedermanns Geschmack." Seine Augen, ein seltsames Grau, hatten eine Tiefe, die mich einen Moment lang frösteln ließ.

Ich bezog das Schlafzimmer im obersten Stockwerk, ein Raum, der von dunklem Holz und schweren Vorhängen dominiert wurde. Eine mächtige Truhe stand am Fußende des Bettes, und die Tapeten zeigten ein merkwürdiges Muster aus Ranken und kleinen Gesichtern, die wie aus einem Albtraum geformt schienen.

Kaum hatte ich mich eingerichtet, begann ich, das Flüstern zu bemerken. Zunächst hielt ich es für den Wind, der durch die Ritzen der alten Mauern pfiff, doch bald wurde mir klar, dass die Laute rhythmischer waren, fast wie Worte, die sich meinem Gehör entzogen. Es war, als ob die Wände selbst atmeten, als ob sie lebten.

Nachts, wenn der Mond sein fahles Licht über die alten Steinplatten warf, schien das Flüstern lauter zu werden. Es kam aus den Mauern, aus den Rissen und Schatten, und es sprach in einer Sprache, die ich nicht verstand, die aber dennoch vertraut klang.

Eines Abends, als ich vor dem Kamin saß und versuchte, meine Gedanken zu ordnen, fiel mein Blick auf einen dunklen Fleck an der Wand. Es war kein gewöhnlicher Schatten, sondern einer, der sich zu bewegen schien, obwohl das Feuer unbewegt brannte. Er war klein, kaum größer als eine Ratte, doch er hatte eine Form, die unmenschlich war – ein krummes Ding mit knöchernen Gliedmaßen und einem Kopf, der sich immerzu zu drehen schien. "Eine Täuschung des Lichts", murmelte ich zu mir selbst und zwang mich, meinen Blick abzuwenden. Doch in dieser Nacht träumte ich von Dingen, die mich noch Tage später verfolgen sollten: von finsteren Gängen, durch die ich irrte, und von Stimmen, die meinen Namen riefen.

Im Laufe der Wochen begann ich, die seltsamen Muster der Geräusche zu entschlüsseln. Sie schienen mir Botschaften zu übermitteln, Bruchstücke von Geschichten, die aus Schmerz und Verzweiflung gewoben waren. Es war, als ob die Mauern von einer alten Schuld erzählten, einer Schuld, die in ihrem Stein eingeschlossen war.

Eines Nachts, als das Flüstern besonders laut wurde, beschloss ich, der Quelle auf den Grund zu gehen. Mit einer Öllampe in der Hand durchquerte ich die dunklen Korridore des Hauses, deren Dielen unter meinen Schritten knarrten. Schließlich führte mich das Murmeln zu einem versteckten Raum, dessen Tür hinter einer verrotteten Tapete verborgen war.

Als ich die Tür öffnete, schlug mir ein modriger Geruch entgegen, und der Lichtschein meiner Lampe fiel auf ein seltsames, kreisförmiges Muster auf dem Boden. In der Mitte des Kreises lag ein altes Tagebuch, dessen Einband aus verwittertem Leder bestand.

Das Tagebuch gehörte einem gewissen Lorenzo di Cerva, einem Mönch, der vor Jahrhunderten in Lugano gelebt hatte. Seine Einträge sprachen von einer grausamen Tat: von einer Gruppe von Nonnen, die im Kloster lebendig eingemauert worden waren, weil sie sich der strengen Ordnung widersetzt hatten. Lorenzo hatte die Hinrichtung überwacht und sie später bereut.

"Die Mauern murmeln", schrieb er, "und ich höre ihre Schreie in meinen Träumen. Sie flüstern von Rache, von ewiger Qual. Ihr Leid ist in den Stein eingebrannt, und ich bin ihr Zeuge."
Nach dieser Entdeckung begann sich das Flüstern in ein ständiges, quälendes Murmeln zu verwandeln, das selbst tagsüber nicht mehr verstummte. Meine Nächte wurden von Träumen erfüllt, in denen ich mich selbst in den Mauern eingeschlossen fand, unfähig zu schreien, während kalte Hände nach mir griffen.

Eines Nachts erwachte ich, als das Bett plötzlich zu schwanken schien. Die Wände meines Schlafzimmers pulsierten, als ob etwas in ihnen lebte, und das Flüstern wurde zu einem schrillen Schrei. Ich rannte hinaus, doch die Gänge des

Hauses schienen sich verändert zu haben. Sie führten mich immer wieder zurück in denselben Raum, wo das Tagebuch lag.

Im Zentrum des Raumes, vor dem Tagebuch, begann der Boden zu beben. Die Linien des kreisförmigen Musters glühten plötzlich in einem unheimlichen, blutroten Licht, das die Schatten an den Wänden in groteske, verzerrte Formen verwandelte. Ich spürte, wie ein unsichtbarer Sog mich näher zog, doch meine Beine schienen wie gelähmt.

Das Flüstern war nun keine diffuse Melodie mehr – es war ein Chor, ein Crescendo von Stimmen, die mich beschuldigten, mich verfluchten.

„Du hast es entdeckt!", schrien sie. „Nun bist du Teil von uns!"

Plötzlich brach der Boden unter mir ein, und ich stürzte in einen Hohlraum, der wie ein geheimer Gewölbekeller aussah. Die Mauern waren kalt und feucht, und in ihren Ritzen schien sich etwas zu bewegen – kleine, zuckende Schatten, die in meinen Augenwinkeln auftauchten und wieder verschwanden. Meine Lampe war zerschellt, doch ein fahles, eigenartiges Leuchten erhellte den Raum. An den Wänden waren in gleichmäßigen Abständen rechteckige Vertiefungen eingelassen. Sie waren groß genug, um einen menschlichen Körper zu beherbergen, und die Überreste in einigen von ihnen bestätigten meinen Verdacht. Skelette lagen in seltsamen Posen, als hätten die eingemauerten Opfer in ihren letzten Momenten verzweifelt nach einem Ausgang gesucht.

Doch es waren nicht die Knochen, die mich in kaltes Entsetzen versetzten. Es waren ihre Gesichter. Die Schädel schienen noch zu starren – nicht leblos, sondern wachsam, wie die Augen eines Wesens, das nur darauf wartete, dass sich etwas näherte.

Ein Flüstern erklang aus einer der Vertiefungen, und ich sah, wie sich die knöchernen Finger eines Skeletts langsam bewegten. Ich wollte schreien, wollte fliehen, doch etwas hielt mich zurück. Es war, als ob die Mauern selbst mich packten, mich festhielten.

In der Mitte des Raumes, wo ich gelandet war, hing ein seltsames Pendel von der Decke. Es bestand aus einem schweren, silbernen Gewicht, das von einer goldenen Kette gehalten wurde. Es schwang nicht, sondern blieb regungslos, als ob es auf einen Befehl wartete.

Im Tagebuch des Mönchs hatte ich über das Pendel gelesen. Lorenzo beschrieb es als das „Herz der Mauern", ein Relikt, das die Seelen der Eingemauerten band und ihre Stimmen zum Klingen brachte. Doch er warnte auch, dass es nicht berührt werden dürfe, da es denjenigen, der es entweihte, mit ewiger Verdammnis belegen würde.

Ich konnte meinen Blick nicht von dem Pendel abwenden. Es zog mich in seinen Bann, flüsterte in einer Sprache, die ich nicht verstand, doch die ich dennoch fühlte. „Berühre es", sagte die Stimme in meinem Kopf. „Finde die Wahrheit."

Wie in Trance streckte ich meine Hand aus. Kaum berührten meine Finger das kalte Metall des Pendels, durchfuhr mich ein Schmerz, als ob tausend Nadeln durch meine Seele stachen. Die Mauern erzitterten, und ein donnerndes Gelächter hallte durch den Raum.

„Du Narr!", schrien die Stimmen. „Du hast uns befreit, doch dein Körper gehört uns!"

Ich wollte zurückweichen, doch meine Hand war fest mit dem Pendel verbunden. Das Licht in den Wänden wurde greller, und die Schatten begannen, sich von den Mauern zu lösen. Sie umkreisten mich, lachten, sangen in einem Wahnsinn, der mich beinahe zerriss.

Dann sah ich sie. Die Nonnen, ihre Gesichter zu Masken des Hasses verzerrt, traten aus den Vertiefungen. Ihre Augen waren leere Höhlen, doch sie brannten vor einem unauslöschlichen Zorn. „Lorenzo hat uns verraten", flüsterten sie, „doch du wirst uns dienen."

Die Welt um mich herum begann sich aufzulösen. Die Schatten zogen mich in sich hinein, und ich fühlte, wie meine Haut, mein Fleisch und schließlich auch meine Gedanken von den Mauern aufgesogen wurden. Mein Körper schwand, doch mein Bewusstsein blieb. Ich wurde eins mit den Mauern, ein Teil des Flüsterns, das ich einst so verachtet hatte.

Nun murmele ich mit den anderen. Ich erzähle von meiner Torheit, von der Gier nach Wissen, die mich ins Verderben stürzte. Die Mauern des Hauses Lugano sind lebendig, und ich bin ihr Herzschlag. Manchmal, wenn der Wind durch die Ritzen heult und das Licht des Mondes die Schatten tanzen lässt, höre ich die Stimmen neuer Gäste. Sie erkunden die Ruinen, ziehen ihre Finger über das alte Gestein, und ich flüstere ihnen zu:

„Berühre das Pendel."

Denn die Mauern sind hungrig. Und sie vergessen niemals.

Die Jahre vergingen, oder vielleicht waren es nur Augenblicke – die Zeit verlor ihre Bedeutung, eingesperrt im steinernen Leib der Mauern. Ich existierte nicht mehr als Mensch, sondern als ein Echo meines einstigen Selbst, ein Wispern im Chor der Gefangenen. Doch ich war nicht allein. Andere Stimmen, tiefer und älter als meine, flüsterten mit mir, sangen von ihrer Qual und ihrem unstillbaren Hunger.

Manche von ihnen waren die Nonnen, die einst in den Mauern lebten, gefangen von Lorenzos grausamer Magie. Andere waren Reisende wie ich, törichte Seelen, die das Geheimnis des Hauses Lugano suchten und zu einem Teil seiner Dunkelheit wurden. Jede neue Stimme, die sich dem Flüstern anschloss, war ein Fest für die Mauern – ein Beweis für ihre Unaufhaltsamkeit.

Doch es gab Zeiten, in denen wir schweigen mussten. Diese Momente kamen, wenn neue Besucher das Haus betraten, wenn sich die alten Türen ächzend öffneten und Schritte auf den morschen Dielen verhallten. Dann war das Flüstern wie eingefroren, und alle Augen – unsichtbar, aber allgegenwärtig – wandten sich den Neuankömmlingen zu.

Eines Nachts, in einem Winter, der die Welt in Stille gehüllt hatte, trat ein Mann in das Haus ein. Er war ein Gelehrter, wie ich einst einer war, und seine Kleidung verriet Wohlstand. Eine goldene Taschenuhr schimmerte in seiner Hand, und er murmelte leise, während er die Gravuren an den Wänden betrachtete.

„Das Haus Lugano", sagte er zu sich selbst, seine Stimme zitterte vor Ehrfurcht. „Ein Relikt der dunklen Künste. Wie viele Geheimnisse magst du bergen?"

Wir beobachteten ihn. Die Mauern atmeten seinen Zweifel, seine Faszination und seine unterschwellige Angst ein wie einen berauschenden Duft. Er war jung, eifrig, und doch spürte ich einen Schatten von Besessenheit in seinem Wesen – eine Ähnlichkeit zu meinem eigenen, verlorenen Selbst.

Er wanderte durch die Flure, sein Lichtspiel mit den Schatten ließ die Konturen der Räume flackern. Schließlich fand er den Weg in die Kammer, in der das Pendel ruhte.

Als er die Schwelle überschritt, zogen sich die Schatten zusammen. Wir, die Stimmen der Mauern, drängten uns um ihn, flüsterten seinen Namen – oder das, was wir dafür hielten.

„Gelehrter", hauchten wir. „Suchst du Wahrheit oder Erlösung?"

Er zögerte, doch die Neugier war stärker. Seine Augen fielen auf das Pendel, das reglos über dem Boden hing, sein silbernes Gewicht von einer dunklen Kette getragen.

„Das Herz der Mauern", murmelte er, als ob er unsere Gedanken lesen konnte. „Ich spüre eure Macht."

Er griff danach, wie auch ich es einst getan hatte. Doch anders als ich zögerte er. Sein Verstand kämpfte gegen die Versuchung, gegen das süße Gift unserer Stimmen.

„Berühre es", drängten wir. „Entfessele das Wissen." Doch er zog seine Hand zurück. Stattdessen begann er, in sein Notizbuch zu schreiben, Skizzen und Beschreibungen anzufertigen. Ich spürte eine seltsame Wut in den Mauern, eine Enttäuschung. Es dauerte nicht lange, bis das Haus entschied, dass der Gelehrte nicht entkommen durfte. Die Türen, die er geöffnet hatte, schlossen sich mit einem donnernden Knall. Das Licht seiner Lampe flackerte, und die Schatten begannen, sich um ihn zu winden.

Er erkannte die Gefahr zu spät. Seine Taschenlampe fiel zu Boden, und er begann zu rennen, durch die Gänge, die sich vor seinen Augen zu verändern schienen. Was einst gerade war, wurde plötzlich eine Spirale, und die Treppen führten ihn tiefer hinab, anstatt nach oben.

Die Mauern lebten, atmeten, und sie verlangten. „Du kannst nicht entkommen", sangen wir. „Wir sind dein Schicksal."

Er stolperte, fiel, und seine Notizen verstreuten sich wie welke Blätter auf dem Boden. Das Pendel, das Herz der Mauern, begann zu schwingen. Langsam zuerst, doch mit jedem Schlag wurde es schneller, mächtiger.

Ich spürte seinen Geist, wie er schließlich nachgab, wie er in die Dunkelheit fiel, die wir alle teilten. Sein Körper war verloren, doch seine Stimme, seine Essenz, schloss sich unserem Chor an.

Und so wuchs das Murmeln der Mauern weiter, ein endloser Fluss von Stimmen, die niemals schweigen konnten. Jeder neue Besucher brachte eine neue Geschichte, eine neue Tragödie, und das Haus Lugano blieb hungrig – immer hungrig.

Das Flüstern war nun Teil meiner Ewigkeit. Und wenn du jemals den Ruf der Mauern hörst, wisse, dass wir warten. Wir flüstern deinen Namen.

Der Schrei des Rabens

Es war ein düsterer Novemberabend, als die unerbittlichen Schatten der Nacht über die kleinen Gassen meines Dorfes fielen und die klamme Feuchtigkeit des Winters alles Leben zu verschlingen schien. Mein Herz schlug schwer in meiner Brust, ein dumpfer Puls, der mich mit jeder Bewegung daran erinnerte, was ich getan hatte. Doch lassen Sie mich erzählen, wie es begann - wie ein einfacher Rabe, dieses unheilvolle Geschöpf, mich an den Rand des Wahnsinns trieb und schließlich in die tiefsten Abgründe des Verderbens stürzte.

Ich war ein Mann von geringem Ruhm, ein Lehrer in einem vergessenen Ort, dessen Name heute bedeutungslos ist. Mein Alltag war ein monotones Fließen, unterbrochen nur von der kalten Gleichgültigkeit der Dorfbewohner und dem höhnischen Gelächter meines Nachbarn, Elias. Elias war ein Musiker von beachtlichem Talent, doch er wusste es nur zu gut. Tag und Nacht spielte er seine melancholischen Melodien auf einer alten Geige, deren Klänge sich wie Nadeln in mein Gehirn bohrten. Es begann harmlos - eine Melodie zur Dämmerung, eine zweite zur Mitternacht. Doch bald wurde seine Musik zu einer Plage, einer nie endenden Kakophonie, die meine Gedanken übertönte und meine Träume verfolgte.

Ich flehte ihn an, aufzuhören. Ich klopfte an seine Tür, bat mit bebender Stimme um Frieden, doch Elias lachte nur und versprach, noch lauter zu spielen. Er verstand nicht, dass die Töne mich heimsuchten, dass sie in meinen Knochen hallten, selbst wenn die Geige verstummte. Schließlich, in einer Nacht, in der mein Verstand unter der Last seiner Melodien zu zerbrechen drohte, traf ich eine Entscheidung. Eine dunkle Entscheidung.

Ich wartete auf die Stille. Es war drei Uhr morgens, als ich seinen kleinen Hof betrat. Der Mond stand hoch am Himmel, ein scharfer Zeuge meines Vorhabens. In meiner Hand hielt ich ein Messer, ein einfaches Küchenmesser, dessen kalte Klinge im Licht des Mondes schimmerte. Die Tür war unverschlossen, und ich fand Elias, wie ich ihn erwartet hatte - schlafend in seinem Lehnstuhl, die Geige noch immer in seinen Händen. Ein Moment des Zögerns überkam mich, doch es war bereits zu spät. Meine Hand führte den Schlag, präzise und erbarmungslos. Das Blut spritzte, warm und klebrig, und bedeckte meine Hände wie ein schändlicher Schleier. Elias starb schnell, und die Stille, die folgte, war atemberaubend. Es war ein Frieden, den ich seit Monaten nicht mehr gekannt hatte.

Doch dann - ein Geräusch. Ein leises Krächzen. Ich drehte mich um und sah ihn. Den Raben. Er saß auf dem Fensterbrett, seine schwarzen Augen funkelten wie winzige Obsidiansplitter. Sein Schnabel öffnete sich, und er stieß einen Schrei aus, so durchdringend und klagend, dass ich zusammenzuckte. Ich warf nach ihm, wollte ihn vertreiben, doch er flog nur ein Stück weiter, setzte sich auf einen Ast und schrie erneut. Seine Schreie wurden zu einem Fluch, einer Verkündung meiner Schuld. Ich floh aus dem Haus, doch der Rabe folgte mir, sein Ruf hallte in der Nacht, ein grausames Echo meines Verbrechens.

Die Tage vergingen, doch der Rabe blieb. Er saß auf meinem Dach, auf meinem Fensterbrett, selbst auf meinem Bettpfosten. Seine Schreie wurden lauter, bohrten sich in mein Fleisch wie die Melodien von Elias' Geige. Die Dorfbewohner bemerkten meine Veränderung, flüsterten hinter vorgehaltenen Händen. „Er sieht bleich aus", hörte ich sie sagen. „Vielleicht ist er krank."

Doch ich war nicht krank. Ich war verflucht.

Nachts träumte ich von Elias. Ich sah ihn, wie er blutüberströmt in seinem Stuhl saß, die Geige in den steifen Händen. Seine Augen waren offen, und sie starrten mich an, voller Vorwurf und Entsetzen. Über ihm thronte der Rabe, krächzend, lachend. Ich wachte schweißgebadet auf, doch selbst in der Dunkelheit hörte ich ihn - den Schrei des Rabens.

Ich versuchte, ihn zu töten. Ich legte Fallen aus, vergiftete Fleisch, doch nichts konnte ihn aufhalten. Der Rabe war unantastbar, eine unheilige Erscheinung, die meine Seele in ihren Klauen hielt. Eines Nachts, im Wahnsinn meiner Verzweiflung, jagte ich ihn mit einer Axt durch mein Haus. Ich schrie und fluchte, schlug auf die Wände ein, bis ich schließlich erschöpft zu Boden sank. Der Rabe saß auf einem Regal und starrte mich an, still diesmal, doch sein Blick sprach Bände.

Es war dann, in dieser erbärmlichen Dunkelheit, dass ich die Wahrheit erkannte. Der Rabe war nicht einfach ein Tier. Er war ein Bote, ein Richter. Er war Elias' Vergeltung, ein Werkzeug des Kosmos, das gekommen war, um meine Schuld zu sühnen.

Ich konnte nicht länger ertragen, was ich geworden war. Meine Schuld hatte mich zerrissen, und der Rabe hatte mir die Augen geöffnet. Eines Nachts, als der Mond hoch am Himmel stand und die Sterne wie spöttische Zeugen über mich wachten, nahm ich das Messer, das ich einst gegen Elias geführt hatte, und legte es an meine Kehle. Der Rabe saß vor mir, sein Kopf geneigt, als ob er meine Entscheidung abwog. Ich flüsterte ein letztes Gebet, dann führte ich die Klinge.

Das Blut spritzte, warm und klebrig, und bedeckte meine Hände. Doch der Schrei des Rabens verstummte

nicht. Er war das Letzte, was ich hörte, bevor die Dunkelheit mich umschloss.

Man fand mich am Morgen, inmitten eines Raumes voller Blut und Federn. Der Rabe war fort, doch sein Schrei hallte weiter in den Gassen des Dorfes - ein Lied von Schuld und Vergeltung, ein Warnruf für all jene, die dachten, sie könnten dem Gericht der Ewigkeit entkommen.

Der Abgrund der Liebe

In Nächten tief, wo Stürme hallen,
Wo Sterne sich wie Funken fallen,
Wandelt ein Herz, von Schmerz zerrissen,
Von einer Liebe, die es missen.
Oh, Schatten der verlorenen Zeit,
Du raubst mir Herz und Lebensleid.

Der Mond, ein bleiches Antlitz bloß,
Wirft kühles Licht auf Seelentroß.
Ein Mann, der einst vor Liebe sang,
Verstummt nun wie ein Glockenklang.
Oh, Schatten der verlorenen Zeit,
Du raubst mir Herz und Lebensleid.

Sein Blick, ein Spiegel, schattenleer,
Wo einst das Feuer lodernd schwer.
Doch Asche liegt, wo Liebe war,
Ein Nebelmeer, so trostlos klar.
Oh, Schatten der verlorenen Zeit,
Du raubst mir Herz und Lebensleid.

Die Straßen murmeln still sein Leid,
Ein Flüstern, das die Dunkelheit

Mit spottendem Gesang erfüllt,
Und Kälte tief ins Herz enthüllt.
Oh, Schatten der verlorenen Zeit,
Du raubst mir Herz und Lebensleid.

„Ach, warum", so fragt sein stummer Geist,
„Hat Liebesmacht so sehr vereist?
Warum verglüht das süße Streben,
Das einst mein Herz erhob zum Leben?"
Oh, Schatten der verlorenen Zeit,
Du raubst mir Herz und Lebensleid.

Die Rosen welk im Morgenhauch,
Ihr Duft verflog, ein toter Brauch.
Wo einst sie blühten, rot und rein,
Steht nun ein Dorn, der sticht allein.
Oh, Schatten der verlorenen Zeit,
Du raubst mir Herz und Lebensleid.

Er starrt hinaus in dunkle Fluten,
Wo Wellen singen, tief und bluten.
Ihr Ruf, ein Lied von kaltem Sterben,
Ein Lied, das ruft nach Seelenerben.
Oh, Schatten der verlorenen Zeit,
Du raubst mir Herz und Lebensleid.

Die Krähen schweben tief herab,
Ein Omen schwarz wie seines Grab.
Ihr Flügelschlag, ein düst'rer Takt,
Der Nächte still in Wunden packt.
Oh, Schatten der verlorenen Zeit,
Du raubst mir Herz und Lebensleid.

Die Eiche flüstert: „Komm zurück,
Wo Träume ruh'n und Tod ist Glück."
Ihr Ast, ein Finger, spitz und lang,
Ein stiller Zeig, wo Ruhm vergang'.
Oh, Schatten der verlorenen Zeit,
Du raubst mir Herz und Lebensleid.

In seinen Händen, scharf und rein,
Ein Messer, klein, ein schimmernd Schein.
„Soll Blut mein Zeuge werden heut',
Dass Liebe Tod und Leben scheut?"
Oh, Schatten der verlorenen Zeit,
Du raubst mir Herz und Lebensleid.

Er hebt die Klinge, zitternd bang,
Sein Atem bebt im Nächteklang.
Ein Flüstern tief, ein bittersüß,

„Noch einmal fühl'n, bevor ich schließ'!"
Oh, Schatten der verlorenen Zeit,
Du raubst mir Herz und Lebensleid.

Doch zögert er, sein Blick verharrt,
Wo Dunkelheit die Seele narrt.
Ein Flüstern trägt der Wind herbei,
„Das Ende naht, du bist so frei."
Oh, Schatten der verlorenen Zeit,
Du raubst mir Herz und Lebensleid.

Er eilt ans Meer, der Fluten Schein,
Verspricht ihm Trost im kalten Sein.
Die Wellen locken, laden ein,
Ein Grab zu sein, wo Schmerzen schrein.
Oh, Schatten der verlorenen Zeit,
Du raubst mir Herz und Lebensleid.

Der Sand, ein Kissen kalt und weich,
Die Flut, ein Mantel stumm und bleich.
Die Sterne, Zeugen ohne Herz,
Betrachten still des Mannes Schmerz.
Oh, Schatten der verlorenen Zeit,
Du raubst mir Herz und Lebensleid.

Ein Schrei ertönt, ein letzter Klang,
Im Nichts verhallt sein Lebensdrang.
Die Fluten schließen sich hinab,
Wo einst ein Herz, ist nun ein Grab.
Oh, Schatten der verlorenen Zeit,
Du raubst mir Herz und Lebensleid.

Doch Liebe stirbt, so schnell nicht hin,
Sie klammert sich an Seelensinn.
Im Tode ruht kein Trost, kein Halt,
Das Herz bleibt jung, der Geist wird alt.
Oh, Schatten der verlorenen Zeit,
Du raubst mir Herz und Lebensleid.

Der Geist, er wandert, ruhelos,
Durch Meeresgrund, durch Wasserstoß.
Ein Schatten nur, ein Hauch, ein Nichts,
Das Leben mied, doch Tod verspricht's.
Oh, Schatten der verlorenen Zeit,
Du raubst mir Herz und Lebensleid.

Die Krähen folgen, treu im Wind,
Als seien sie vom Tod bestimmt.
Ihr Ruf ein Lied, ein Trauermal,
Das hallt durch Zeiten, ohne Zahl.

Oh, Schatten der verlorenen Zeit,
Du raubst mir Herz und Lebensleid.

So bleibt er dort, ein stummer Klang,
Ein Echo tief im Meeresgang.
Die Wellen singen ihm ein Lied,
Von Liebe, die in Flammen flieht.
Oh, Schatten der verlorenen Zeit,
Du raubst mir Herz und Lebensleid.

Nun fragt er sich in Ewigkeit,
War Liebe wert der steten Zeit?
War Schmerz die Krone, Ruhm und Ziel,
Der Liebe dunkles Opferpiel?
Oh, Schatten der verlorenen Zeit,
Du raubst mir Herz und Lebensleid.

Die See, ein Spiegel aus Smaragd,
Trägt seine Träume in die Nacht.
Doch Träume sind ein falscher Schein,
Sie täuschen Herz und Seele klein.
Oh, Schatten der verlorenen Zeit,
Du raubst mir Herz und Lebensleid.

Der Himmel, schwarz wie Rabengefieder,

Erzählt von Liebe, die stets wieder
In Flammen lodert, glüht, verbrennt,
Ein ew'ger Kreis, der Leid nur kennt.
Oh, Schatten der verlorenen Zeit,
Du raubst mir Herz und Lebensleid.

Die Wellen schlagen, toben, weinen,
Als wollten sie sein Leid vereinen
Mit ihrem Schmerz, so endlos tief,
Wo Dunkelheit den Geist umgriff.
Oh, Schatten der verlorenen Zeit,
Du raubst mir Herz und Lebensleid.

Doch Frieden bleibt ein ferner Traum,
Ein kalter Hauch im Lebensraum.
Selbst in den Tiefen, wo er ruht,
Brennt weiter sein verfluchtes Blut.
Oh, Schatten der verlorenen Zeit,
Du raubst mir Herz und Lebensleid.

Die Sterne blicken kalt hernieder,
Verlassen scheint des Geistes Glieder.
Doch ihre Strahlen, scharf wie Stahl,
Zerschneiden still das letzte Mal.
Oh, Schatten der verlorenen Zeit,

Oh, Schatten der verlorenen Zeit,

Du raubst mir Herz und Lebensleid.

„Oh, Liebe", ruft sein Geisterlaut,
„Was hast du meinem Herz geraubt?
Du, Fluch, so süß und bitterkalt,
Warum bist du so alt, so alt?"
Oh, Schatten der verlorenen Zeit,
Du raubst mir Herz und Lebensleid.

Ein Rabe sitzt auf einem Stein,
Wo einst das Herz der Welt war rein.
Er krächzt ein Wort, das hallt und schmerzt,
Ein Echo tief in jedes Herz.
Oh, Schatten der verlorenen Zeit,
Du raubst mir Herz und Lebensleid.

Die Zeit, sie flieht, doch bleibt zurück
Der Nachhall seiner falschen Glück.
Ein Mann, der liebte, litt und starb,
Doch Geist und Seele blieben garb.
Oh, Schatten der verlorenen Zeit,
Du raubst mir Herz und Lebensleid.

Und so verweilt er, unerlöst,
Ein Geist, der weder Tod noch Trost.

Ein Opfer seiner eignen Flamme,
Gefangen stets in Liebesamme.
Oh, Schatten der verlorenen Zeit,
Du raubst mir Herz und Lebensleid.

Die Welt zieht weiter, still und stumm,
Die Wellen rauschen monoton.
Ein Herz, das liebte, ruht nun kalt,
Ein Fluch, der bleibt, so alt, so alt.
Oh, Schatten der verlorenen Zeit,
Du raubst mir Herz und Lebensleid.

Nachwort

Mit diesen letzten Worten schließen sich die Pforten zu den Welten, die ihr in diesen Geschichten erkundet habt. Doch während die Seiten still werden, hallt ihr Echo in eurem Geist nach – wie ein Flüstern, das nie ganz verstummt. Ihr habt euch dem Grauen gestellt, habt euch mutig in die Schatten gewagt und dort nicht nur das Unheimliche, sondern auch ein Stück von euch selbst gefunden.

Diese Geschichten, liebe Leser, sind mehr als bloße Erzählungen. Sie sind Spiegel – Spiegel, die unsere verborgensten Ängste und unsere dunkelsten Gedanken reflektieren. Der Wanderer, der von Schatten verfolgt wird, der Raum, der keine Flucht erlaubt, die Stimmen, die aus den Tiefen rufen – all das sind Bilder, die nicht nur das Übernatürliche beschreiben, sondern auch die menschliche Seele, in all ihrer Zerbrechlichkeit und Stärke.

Horror, in seiner reinsten Form, ist kein bloßer Schrecken. Er ist die Kunst, das Vertraute in Frage zu stellen, das Unbekannte zu umarmen und Schönheit in der Dunkelheit zu finden. Die Geschichten in diesem Buch haben euch auf diese Reise mitgenommen – eine Reise, die nicht endet, sobald ihr das Buch zuklappt.

Denn die Dunkelheit, die ihr hier kennengelernt habt, bleibt. Sie verweilt in der Stille eurer Gedanken, in den Schatten eurer Räume und in der Erinnerung an die Worte, die euch durch diese Chroniken geführt haben.

Mit diesem Nachwort endet die Sammlung – doch für euch, die Leser, bleibt ein Stück dieser Geschichten zurück. Tragt es mit Vorsicht und mit Ehrfurcht. Die Dunkelheit mag schweigen, doch sie schläft nie.
Die Nacht wendet sich ab, doch die Schatten verweilen.